Sophie

L'invention du Professeur Pion

Les aventures du Trio rigolo

Super
SÉRIES

sous la direction de
Yvon Brochu

Les aventures du Trio rigolo

L'invention du Professeur Pion

Marcel Pépin

EH *Héritage jeunesse*

Données de catalogage avant publication (Canada)

Pépin, Marcel, 1961-

L'invention du professeur Pion

(Super séries ; 8. Les aventures du Trio rigolo
Pour les jeunes de 8 à 12 ans.

ISBN 2-7625-8718-2

I. Titre. II. Collection: Pépin, Marcel, 1961-. Les aventures d'Amargars
et fils. III. Collection: Super séries ; 8.

PS8581.E616I58 1997   jC843'.54   C97-940444-4
PS9581.E616I58 1997   PZ23.P46In 1997

Sous la direction de Yvon brochu, R-D création enr.
Illustration de la couverture:
Conception graphique: Claude Bernard
Révision-correction: Christine Deschênes
Mise en page: Jean-Marc Gélineau

Dépôts légaux: 3e trimestre 1997
Bibliothèque nationale du Québec
Bibliothèque nationale du Canada

ISBN: 2-7625-8718-2   Imprimé au Canada

10 9 8 7 6 5 4 3 2

LES ÉDITIONS HÉRITAGE INC.
300, rue Arran, Saint-Lambert (Québec) J4R 1K5
Téléphone: (514) 875-0327
Télécopieur: (514) 672-5448
Courrier électronique: heritage@mlink.net

LE CONSEIL DES ARTS | THE CANADA COUNCIL
DU CANADA | FOR THE ARTS
DEPUIS 1957 | SINCE 1957

Nous remercions le Conseil des Arts du Canada de l'aide accordée à notre
programme de publication.

À Isabelle

L'invention

Un jeudi du mois de juin, l'an dernier, j'ai rencontré par hasard le professeur Pion, un vieil ami.

C'est curieux, je pensais justement à lui. Il avait été mon professeur de chimie en troisième secondaire, de physique en quatrième secondaire, puis de mathématiques en cinquième secondaire. On le trouvait tous pas mal bizarre. Il nous racontait toutes sortes d'histoires invraisemblables et nous parlait de ses inventions, qu'il croyait géniales mais qui ne menaient généralement nulle part. On l'aimait bien quand même. Il nous faisait rire et ça nous faisait du bien de nous défouler après nos arides cours de français ou d'histoire.

Je pensais à lui parce que, deux semaines plus tôt, en faisant une balade en auto avec mes enfants, j'étais passé devant sa maison. Toutes sortes de souvenirs sont montés. La plupart agréables, d'autres un peu moins. Mais enfin... Je me suis demandé s'il se souvenait de moi. Il avait dû connaître des milliers d'adolescents et ne pouvait certes pas se souvenir de chacun d'eux. Mais moi, j'ai eu la chance de l'avoir comme prof trois années de suite. J'avais même à plusieurs reprises visité son laboratoire, chez lui. Malgré tout, les circonstances de la vie nous ont tenus éloignés plusieurs années de suite et nous avons malheureusement perdu contact. C'est dommage.

Je pensais à tout cela quand je suis tombé sur lui au Canadian Tire de Saint-Georges. Je cherchais un rideau de douche bon marché. Il y en avait plusieurs, empilés sur la tablette du bas. J'étais donc plié en deux quand j'ai senti quelqu'un foncer droit sur moi. Apparemment, il ne m'avait pas vu car il m'a écrasé la main avec ses lourdes bottes et a perdu complètement l'équilibre. Il a tout de suite roulé sur moi et a entraîné dans sa chute la moitié des objets disposés sur les tablettes. La main endolorie, je me suis relevé immédiatement et j'ai aidé le malheureux, empêtré dans une montagne de serviettes de bain.

— Pardonnez-moi, monsieur, je ne vous avais pas vu arriver...

— Ce n'est rien, monsieur, je vous en prie. C'est ma faute : j'aurais dû regarder devant moi.

— Mais vous êtes le professeur Pion !

— On se connaît ?

— Mais oui, j'étais votre élève en 1975, en 1976 et encore en 1977, je...

— Ah, mais attendez, je reconnais cette voix... Vous êtes le petit Lionel Poulin !

— Non, je...

— Ah non ! Suis-je bête ! Jean-Claude ! Vous êtes Jean-Claude Chaput.

— Non, je m'appelle...

— Attendez, je l'ai sur le bout du nez...

— Sur le bout de la langue, vous voulez dire.

— Victor ! Non, Ludovic ! Non, non, non, je l'ai : Simon Labrosse !

— Non, je suis désolé. Mon nom...

— André ?

— Non...

— Claude !

— Non plus !

— Jean-René ?

— Non, c'est Bertrand. Bertrand Latrémouille.

— Ah ! Je le savais. J'allais justement le

dire! Comment ça va, mon cher Gontrand?

— Ça va bien, merci. Mais appelez-moi Amargars: tout le monde m'appelle comme ça depuis que je raconte des histoires...

Je n'ai pas pu finir mon explication. Le professeur Pion était pressé. Mais il m'a demandé d'aller le rencontrer le samedi suivant. Il avait une nouvelle invention à me montrer. En exclusivité, s'il vous plaît! Il avait justement besoin de quelqu'un pour l'essayer!

— Alors, je t'attends samedi matin, à 9 heures. Au revoir!

Et il est parti sans même attendre ma réponse. C'était bien lui, je ne pouvais plus en douter. Physiquement, il n'avait pas beaucoup changé, sauf peut-être sa bedaine qui continuait de s'arrondir, malgré la maigreur de ses bras et de ses jambes. Quant à son invention, je n'étais pas certain de vouloir servir de cobaye. Par contre, la perspective de le voir à l'œuvre encore une fois me souriait assez, je dois l'admettre. De plus, je voulais en faire profiter Ridère et Faunamic, mes deux garçons, qui s'intéressent toujours à tout ce qui n'a pas d'allure.

J'ai ramassé mon rideau de douche et je suis rentré chez moi, la tête encore pleine du professeur et de ses drôles de gadgets.

— Les gars, j'ai rencontré le prof Pion hier soir, ai-je annoncé à mes enfants le lendemain.

— Le professeur Pion?

— Oui, je vous en ai souvent parlé!

— Ah oui! Le bonhomme bizarre avec un drôle de laboratoire?

— C'est ça. Nous sommes invités chez lui demain matin. Ça vous tente de le rencontrer?

— Bien sûr, mon papa, me répond Faunamic. Ça fait tellement longtemps que tu nous en parles; on va enfin voir de quoi il a l'air.

Ridère était tout aussi intéressé:

— Wow! Penses-tu qu'on va pouvoir assister à ses expériences?

— Oui, justement. Il nous invite à expérimenter sa dernière trouvaille.

— Yahou! C'est génial!

— Hé, ho! Calmez-vous, les enfants. On va d'abord voir de quoi il en retourne. Vous êtes un peu jeunes pour essayer n'importe quoi; ne soyez pas trop téméraires. J'ai pensé que ça vous ferait plaisir de rencontrer ce professeur, mais je n'ai pas trop envie de vous voir embarquer dans des inventions dangereuses; on ne sait jamais avec vous deux. On verra sur place.

— C'est ça, on verra.

J'étais bien décidé, pourtant, à ne prendre aucun risque. Je m'attendais à passer une journée agréable chez cet extravagant personnage. J'étais à mille lieux de prévoir, ce matin-là, que cette simple visite allait nous entraîner dans une nouvelle aventure. Mais, à bien y penser, pourquoi s'en étonner? Surtout quand on est le père de deux garçons à qui tout arrive!

🌀 🌀 🌀

Le samedi venu, nous partons très tôt chez le professeur. Ridère et Faunamic sont très excités à l'idée de le rencontrer.

Nous connaissons sa maison pour l'avoir aperçue plusieurs fois au cours de nos promenades. Elle est située à cinq kilomètres de la ville, à l'orée de la forêt. Un étroit chemin de terre rouge y mène. Le site est magnifique: devant, un petit étang s'étire au soleil, entouré de grands ormes qui semblent protéger les lieux. Au loin, les Appalaches. Un coin rêvé pour passer ses vacances. Dommage qu'il y ait un dépotoir juste à côté.

— Ouach! Ça pue ici!

— Oui, c'est un petit inconvénient. Mais on s'y habitue, vous verrez. N'en parlez surtout pas au professeur : il est un peu susceptible.

Je frappe à la porte.

Aucune réponse.

— Pourquoi t'utilises pas la sonnette comme tout le monde, papa ?

— Parce qu'à l'époque, elle ne fonctionnait à peu près jamais. On risque de passer la journée le doigt coincé dessus.

Je frappe de nouveau. Toujours pas de réponse.

Je frappe une troisième fois. Rien. À bout de patience, Ridère appuie sur la sonnette et on entend aussitôt un drôle de bruit, comme un coup de canon à l'intérieur. Une seconde plus tard, la porte s'ouvre. Le professeur nous examine en plissant les yeux, cherchant ses lunettes dans toutes ses poches, l'air ahuri. Il les trouve finalement sur sa tête.

— Bonjour, professeur Pion.

Aucune réaction.

— Nous avions rendez-vous aujourd'hui, vous vous souvenez ?

Lueur soudaine dans le regard.

— Mais oui, bien sûr, Jean-Claude. Pardonne-moi, je suis un peu distrait. Ma nouvelle machine...

— Non... euh... vous vous trompez, professeur. Je ne suis pas Jean-Claude, je suis...

— Mais entrez, mes amis, entrez, ça me fait plaisir de vous recevoir. Voici donc tes enfants, mon cher Mario?

— Oui... ce sont mes enfants. Je vous présente...

— Vous voulez un café? Un verre d'eau? Un jus? Un thé? Un chocolat chaud?

— Oui, volontiers, un café pour moi. Et pour vous, les gars?

— Un chocolat chaud, dit Ridère.

— Moi aussi, un chocolat chaud, ajoute Faunamic.

— Parfait! Du jus pour tout le monde, alors! Installe-toi, Alain. Fais comme chez toi. Vous aussi, les enfants.

— Non, professeur, je ne suis pas...

Faunamic me chuchote à l'oreille:

— Laisse tomber, papa. Ça a bien l'air qu'il a pas la mémoire des noms, ton professeur.

— Si ce n'était que des noms! Je trouve ça un peu inquiétant. Je ne suis pas prêt à essayer n'importe quelle machine.

Nous prenons place tous les trois sur des petits bancs de bois. Les enfants ont tout le loisir d'examiner les lieux. Difficile de décrire cette demeure pour le moins insolite. Tous les objets qui nous entourent ont été fabriqués par le professeur et les résultats sont parfois surprenants. Une énorme horloge, entièrement faite de papier, trône dans un coin du salon. La table de cuisine et les chaises sont fabriquées avec des bâtonnets de Popsicle. Des paysages et des natures mortes sont peints directement sur les murs. Une foule d'objets hétéroclites encombre la maison, la plupart impossibles à identifier.

Les enfants en sont à examiner le plancher de carton lorsque l'horloge sonne 9 heures : « Alouette, gentille alouette, alouette... »

— Ça doit être fatigant d'entendre la même chanson à longueur de journée !

— Si je me souviens bien, il y a une chanson différente pour chaque heure, je réponds. Vous n'avez pas fini, je vous assure. Attendez de voir le reste de la maison.

— J'ai hâte !

Un robot apparaît soudain, une espèce de garçon de restaurant en plastique qui tient à la main un plateau sur lequel sont alignés trois jus d'orange. Il s'approche et s'incline devant chacun de nous en nous offrant les jus.

Son service terminé, le robot fait demi-tour vers la cuisine.

— Alors comme ça, Robert, tu es prêt à expérimenter ma nouvelle invention avec tes enfants ?

— Je m'appelle Amargars, professeur. Comme j'ai eu l'occasion de vous le dire, c'est mon nom depuis que je...

— Dis oui, papa, dis oui, supplie Ridère.

— Euh... eh bien, nous sommes très curieux de voir votre invention, professeur. Mais les enfants sont encore jeunes, vous savez, et je ne voudrais pas qu'il leur arrive quoi que ce soit.

— Aucun danger, Ramada. C'est une machine tout à fait inoffensive. D'ailleurs, je l'expérimente moi-même depuis plusieurs semaines et tout va très bien. Je n'oserais jamais présenter des inventions dangereuses, tu le sais bien.

— Ben, justement...

— C'est quoi, votre invention, professeur? demande Faunamic.

— Suivez-moi, je vais vous montrer. C'est toujours plus intéressant quand on a l'objet sous les yeux.

Nous suivons le professeur à pas de tortue; je le soupçonne de faire exprès pour nous faire admirer son décor. Avec raison, d'ailleurs. Les enfants n'arrêtent pas de s'exclamer: «Wow!»; «T'as vu le machin, là-bas?»; etc. La fascination se lit dans leurs yeux. Je devais avoir la même tête il y a une vingtaine d'années, quand je suis venu ici la première fois.

Nous quittons le salon pour pénétrer dans une pièce un peu plus petite, sans fenêtre. C'est la salle de lecture ; il y a une grande table au centre et des tonnes de livres partout. Même dans la bibliothèque !

En entrant dans la pièce, trois faisceaux lumineux nous balayent des pieds à la tête. Une sirène se déclenche aussitôt tandis que les jets de lumière pointent tous trois en direction de Faunamic.

— Tu as un objet métallique dans la poche, jeune homme ? demande le professeur.

— Euh... Oui. Une cuillère. J'en ai toujours une sur moi au cas où j'aurais envie de yogourt !

— C'est un détecteur de métal ? je demande.

— Oui. Je l'ai installé il y a cinq ans, après avoir été cambriolé.

— On vous a volé des objets de valeur ?

— Non. En fait, rien du tout. Seuls mon distributeur électronique de dentifrice et mon contrôleur thermique à réglage automatique pour le corps étaient par terre, près de l'entrée. C'est sans doute ce qui intéressait les voleurs. Mais ils ont dû rencontrer l'alligator et prendre la poudre d'escampette.

— L'alligator? s'écrie Ridère. Un vrai?

— Oui, mais pas dangereux. Je l'avais emprunté à mon cousin pour faire une expérience sur la croissance artificielle des dents. C'était un vieil animal inoffensif et complètement aveugle. Mais ça, les voleurs ne le savaient pas!

En parlant, le professeur se tourne vers le mur et appuie sur le nez d'un clown peint à la gouache. Les lumières s'éteignent aussitôt. Nous pouvons continuer. Un escalier occupe le coin sud de la pièce.

Notre hôte nous laisse le temps de bien examiner les lieux. Au fil des ans, la maison s'est enrichie de nouvelles inventions. Je reconnais l'exerciseur qui permet de marcher la tête en bas: «C'est bon pour la circulation sanguine», selon le professeur. Mais le petit robot, debout à côté de nous, est nouveau. Il tient un livre et ses yeux se promènent de gauche à droite, comme s'il lisait. Il tourne même les pages. Les inventions de Pion n'ont parfois aucun autre but que celui d'intriguer les visiteurs. Dans ces cas-là, il ne donne jamais d'explication, laissant chacun utiliser son imagination. «C'est bon pour la santé intellectuelle!» dit-il. Faunamic s'empare d'une télécommande.

— Ça commande quoi, ce truc ?

— Tous les appareils du professeur, je lui glisse à l'oreille. Toute la maison est robotisée. Dans presque chaque pièce, une télécommande semblable à celle-ci sert à peu près à tout : à faire de la lumière, à mettre en marche les appareils électriques, à commander un café ! Une dizaine de petits robots s'activent à satisfaire chacun de nos désirs ! On peut même...

Le professeur Pion m'interrompt :

— Bon. Voici l'ascenseur. Installez-vous dans un siège et suivez-moi.

Sur le mur, une porte coulissante glisse vers le haut et révèle un petit siège ressemblant étrangement à un fauteuil roulant (sans doute une autre invention récente du professeur). Pion s'assoit et actionne une petite manette rouge à sa droite. La chaise pivote vers l'escalier et commence son ascension. C'est en fait une sorte de funiculaire : un mécanisme de courroie double hisse la chaise le long d'une rampe vers le haut de l'escalier, dans un angle de quarante-cinq degrés.

— C'est mon tour !

Dès qu'une deuxième chaise sort du mur, Ridère s'élance et va s'asseoir.

— Hé ! Il y a même une ceinture de sécurité !

Il boucle sa ceinture, actionne la manette, pivote et va rejoindre le génie inventeur à l'étage.

Une troisième chaise apparaît quelques secondes plus tard. C'est le tour de Faunamic. Ceinture. Manette. Pivot. Ascension.

C'est mon tour. Enfin. Quand je suis chez le professeur, je me sens un peu comme un enfant : je veux tout essayer.

J'attends un peu... Pas de chaise. Bon, encore quelques instants. Toujours rien. Je regarde en haut et je vois Faunamic qui tourne vers la deuxième section de l'ascenseur. Tout heureux, il m'envoie la main et un sourire. Je lui rends son sourire et regarde de nouveau le trou béant dans le mur : toujours pas de chaise.

Derrière moi, on sonne. Je me retourne. Un drôle de téléphone en forme de souris retentit une deuxième fois. C'est sans doute un appel pour le professeur, qui n'entend manifestement pas. À la troisième sonnerie, je me décide à répondre :

— Allô ! Ah, c'est vous, professeur ! Oui, je suis toujours en bas. Seulement trois chaises ? Pas de problème, professeur, je vais attendre. Comment ? Trente minutes, vous dites ? Bon. Dans ce cas...

J'aurais dû m'en douter! Les chaises prennent trente minutes pour revenir à leur point de départ. Comme il n'y en a que trois, je dois monter à pied ; zut ! J'empoigne la rampe d'une main ferme mais je la lâche aussitôt : elle est maculée d'huile. Zut de zut ! j'ai la main toute noire, à présent !

— Vite, papa, on t'attend !

— J'arrive, j'arrive.

Je suis rarement monté à l'étage auparavant. Je crois même n'y être allé qu'une seule fois ; le professeur disait qu'il n'y avait là rien d'intéressant. Curieux comme le temps transforme les souvenirs. J'avais l'impression que c'était très grand ici. Au contraire, la petitesse des lieux me saute au visage immédiatement ; j'en perds presque l'équilibre. En haut, l'escalier débouche sur un couloir peint en jaune ; les murs sont couverts de tableaux aux couleurs éclatantes. Avant de s'adonner aux inventions, le professeur Pion faisait de la peinture. D'ailleurs, il a vendu beaucoup de toiles. Celles-ci sont probablement ses favorites, car il les garde pour lui.

— C'est beau ici, dit Faunamic.

— Bof! rétorque le professeur. Ce sont de vieux tableaux. Je n'ai jamais réussi à m'en débarrasser. J'ai fait la bêtise de vendre tous les meilleurs et je suis resté pris avec ceux-ci. Nous voilà arrivés. Entrez, s'il vous plaît, entrez.

Nous sommes dans sa chambre à coucher. Quel capharnaüm! Pire que trois chambres d'adolescents réunies! Il faut enjamber des vêtements, des outils de toutes tailles, des robots en pièces, mais surtout des centaines de livres. Notre hôte ne semble absolument pas dérangé par notre présence dans son antre secret et bordélique.

— Assoyez-vous que je vous explique, dit-il.

Puis, voyant notre désarroi :

— Prenez les plus gros livres et empilez-les.

Les enfants s'exécutent avec plaisir : tout est prétexte au jeu chez le professeur. Moi, je reste debout.

— Voilà ma nouvelle invention! déclare fièrement le professeur, en désignant un objet placé à la tête du lit.

— Ça? Mais c'est juste un magnétoscope! dit Faunamic.

— Vous êtes en retard, professeur, on en trouve partout, lance à son tour Ridère. Son ton sarcastique ne parvient pas tout à fait à dissimuler sa déception.

— Ah oui? fait le professeur. Regardez attentivement : vous voyez le fil, ici?

Suivez-le; il est branché à cet appareil, sur le mur, au-dessus du lit. Et celui-ci est muni d'écouteurs. Je n'ai pas eu besoin de fabriquer tout ça. Comme vous le dites si bien, on en trouve partout et à un prix ridicule. Quant au lecteur de pensées, je l'ai inventé voilà cinq ans. Il suffisait de relier ensemble tous ces éléments en les trafiquant un peu pour obtenir un « enregistreur de rêves » !

— Un « enregistreur de rêves » ?

— Exactement, Catalla. Grâce à cette machine, vous pourrez dorénavant visionner vos rêves en toute liberté, au moment où vous le désirez.

— Hein ! C'est vrai ? s'écrie Faunamic. Comme un film ?

— Mais C'EST un film ! Le film de vos rêves ! Vous est-il déjà arrivé de vous faire réveiller par votre père au beau milieu d'un rêve agréable et de constater par la suite que vous étiez incapables de vous en rappeler les détails ?

— Oh oui ! Très souvent !

— Eh bien, maintenant, il vous suffira de vous installer tranquillement dans votre salon pour revoir ce rêve ! N'est-ce pas merveilleux ?

— Oui, mais on peut quand même pas venir coucher ici pour l'essayer, fait remarquer Ridère.

— Ah, mais il n'en est pas question! répond le professeur. Vous l'apportez avec vous ce soir. Vous le gardez quelques semaines et vous me le ramenez avec vos commentaires...

Je juge à propos d'intervenir:

— *Wo, wo, wo*! Un instant! Nous n'avons pas dit que nous voulions l'essayer. Ça semble intéressant, d'accord, mais il y a sûrement un risque. Avec ces nouveaux appareils...

— Quel risque, papa? Il n'y a aucun danger!

— Votre père a raison, les enfants, intervient le professeur Pion. C'est vrai qu'il faut se montrer prudent avec les appareils, surtout s'ils sont nouveaux. C'est pour ça que je l'ai expérimenté moi-même avant de vous le proposer. Vous voyez la boîte jaune là-bas? Elle est pleine de vidéocassettes qui contiennent mes rêves des quatre derniers mois. Je me suis branché chaque soir à mon appareil. Si vous saviez ce que j'ai découvert! C'est encore mieux que n'importe quel film de science-fiction.

— Peut-être bien, professeur, mais qui nous dit qu'à moyen ou à long terme, il n'y aura pas de dommages au cerveau? Cette machine-là propage peut-être des ondes dangereuses? Pensez aux fameux rayons X...

— Justement, Rantanplan, cet appareil n'émet aucun rayon. Il fonctionne comme un magnétoscope. Il ne fait qu'enregistrer les ondes bêta émises par notre cerveau pendant que nous rêvons. J'ai réussi à capter ces ondes cérébrales puis à les convertir en ondes électriques ; le magnétoscope fait le reste.

— Tu vois bien que tout est sous contrôle, papa ! Dis oui !

— Ridère a raison, papa. Si ça t'intéresse pas, c'est pas grave ; on va l'essayer, nous autres.

— Là n'est pas la question. Je n'aime pas prendre de décisions à la légère, vous le savez. Je préfère prendre le temps d'y penser, un jour ou deux peut-être. J'en rediscuterai avec le professeur et on avisera à ce moment-là.

— Pas de problème, mon cher Taratata. Euh... C'est comment ton nom, déjà ?

— Amargars.

— Ah oui ! Quels drôles de noms vous avez. Enfin. Sens-toi très libre, Ankara. Beaucoup de personnes seraient intéressées à l'expérimenter, je me débrouillerai bien... Mais je savais que tu étais digne de confiance, alors...

— Dis oui, papa. Avant qu'il trouve quelqu'un d'autre !

— Je n'ai pas dit non. J'ai seulement dit qu'il fallait être prudent, qu'on faisait peut-être mieux d'attendre quelques...

— Mais pourquoi attendre, puisque tout est là? On a juste à prendre l'appareil et à l'installer dans ma chambre.

— Pourquoi dans ta chambre? proteste Ridère. C'est moi qui ai dit oui en premier, on va le mettre dans MA chambre.

— Hé, hé, les enfants! Pas de chicane, s'il vous plaît, ce sera chacun son tour...

Je suis interrompu par mes trois interlocuteurs en même temps:

— ALORS, C'EST OUI? TU AS DIT OUI!

— Non, je n'ai pas dit oui!

— Ben oui, tu as dit que ce sera chacun son tour! Ça veut dire oui.

— Mais ça ne veut rien dire du tout.

C'est curieux: je tombe toujours dans leurs pièges. J'ai eu beau continuer à protester, j'ai perdu, je dois l'admettre. Ce soir, l'appareil est dans la chambre de Ridère. Et moi, je boude.

Expérimentation

Quand il m'a remis son enregistreur de rêves, le professeur Pion m'a expliqué en détail son fonctionnement. Il m'a bien recommandé de suivre le mode d'emploi à la lettre et de noter tout ce qui semblait anormal ainsi que les réactions que la machine provoquerait au sein de notre famille. Il m'a même fourni un «cahier de bord», que je dois laisser en permanence à côté de l'enregistreur. Il a ajouté que c'était pour lui une expérience très importante, le fruit de plusieurs années de recherches et de travail constants, qu'il avait tout risqué pour en arriver là, etc. Bref, le même discours qu'il nous rabâchait à chaque nouvelle invention, du temps qu'il était mon professeur.

L'expérience doit s'étendre sur une période de deux mois. Encore heureux qu'on soit en été : c'est la seule époque de l'année où les enfants habitent avec moi de façon continue. Nous devons déposer un rapport en septembre.

CAHIER DE BORD — PREMIER JOUR

30 juin

Boubou a été installé hier dans la chambre de Ridère mais n'a pas encore été utilisé ; c'est aujourd'hui qu'on commence.

Ridère a insisté pour appeler cette machine BOUBOU ! Ne me demandez pas pourquoi.

Ce soir, Ridère sera le premier à l'expérimenter. Il est très excité. J'ai bien peur qu'il ait du mal à s'endormir.

Voilà. Je ne sais pas trop quoi noter, mais le principal y est : la date, le nom de l'expérimentateur, son état d'esprit.

Mon rôle se limite à consigner les observations. Comme je ne vois pas l'utilité d'une telle machine, je laisse aux enfants le soin de l'essayer. Tant mieux s'ils aiment l'expérience. Le seul inconvénient est que Faunamic et Ridère ont bien du mal à garder le secret, et le professeur Pion m'a bien averti : « Surtout, n'en parle à personne, Ramarpente ! C'est un secret absolu ! » C'est curieux, cette manie qu'il a de déformer tous les noms, même ceux de ses plus proches amis. Bizarre, pour un génie...

Aujourd'hui, il pleut. Nous restons à la maison pour jouer. Pendant la soirée, Ridère et Faunamic sont rivés à l'ordinateur et j'en profite pour faire un peu de lecture. À 20 heures pile, Ridère annonce qu'il monte se coucher.

— Déjà fatigué ? Tu n'es pas malade au moins ?

— Ben non, voyons, tu le sais bien. J'ai hâte de rêver, c'est tout.

— Peut-être que tu ne rêveras pas cette nuit.

— Mais, papa, tu as déjà dit qu'on rêvait chaque nuit !

— Ben oui, mon garçon, tu as raison. C'était juste pour te taquiner.

— Mais si je rêve pas, ou si ça marche pas bien, est-ce que je vais pouvoir le réessayer demain ?

— Pas question ! proteste Faunamic. Demain, c'est mon tour ! Papa a dit que c'est chacun notre tour. Si ça marche pas pour toi, c'est pas ma faute !

— Mais si ça marche pas ? insiste Ridère. Je le garde encore, hein papa ?

— Non, je ne pense pas que ce serait juste. On a dit que c'était chacun votre tour, alors si ça ne marche pas, tant pis. Ce sera au tour de Faunamic. Mais attention, les enfants : j'ai accepté de faire cette expérience pour vous faire plaisir ; je peux encore changer d'idée si ça provoque des chicanes.

— Non, non, papa. Inquiète-toi pas ! On se chicane pas, on fait juste discuter, me répond Ridère. Bon, je vais me coucher, maintenant. Bonne nuit.

— Bonne nuit !

— Bonne nuit, Ridère !

— Oh ! papa ! T'es certain que tout est bien installé ? Que ça va bien marcher ?

— Oui, oui, Ridère. J'en suis certain. Mais je vais quand même aller voir avec toi si ça peut te rassurer.

Tout va bien. L'enregistreur de rêves est en place. Ridère est couché, le sourire aux lèvres, encore trop excité pour dormir. Mais le sommeil viendra bien.

◎ ◎ ◎

Des éclats de rire en provenance du salon me réveillent à 6 heures du matin.

Comme je m'y attendais, Ridère et Faunamic sont devant le magnétoscope.

— Ça marche bien, les gars ?

— Super ! Viens voir ça avec nous, papa. C'est très drôle !

— Ridère a fait des rêves complètement *capotés* !

— Vous ne trouvez pas qu'il est un peu tôt? Avez-vous déjeuné, au moins?

— Non, on va déjeuner après...

— Arrêtez ça tout de suite. On déjeune d'abord et on regarde ensuite.

— Non, non, on regarde tout de suite. S'il te plaît, papa.

— Hé! C'est toute une nuit d'enregistrement! C'est trop long; venez manger d'abord.

— O.K., mais après ce rêve-là, d'accord?

Bon. Pourquoi pas? Je m'assois avec eux et je les laisse finir le rêve commencé. Je suis tout de même curieux de voir le résultat, moi aussi.

L'image est un peu floue, mais on arrive à distinguer les traits des personnages du film, ou plutôt du rêve. L'image nous est transmise à travers les yeux d'un personnage — Ridère, probablement. Cela donne une drôle de perspective. Le champ de vision est moins large qu'à la télévision. La scène est très comique: tous les personnages marchent sur des ressorts fixés à leurs pieds. Nous sommes à l'école. Le professeur sautille à cause de ses ressorts et a l'air d'un idiot. Il explique les différences majeures entre une tarte aux pommes et un jeu Nintendo! Tout est bleu: le mur, les vêtements du professeur, le tableau, les papiers, le professeur lui-même, tout. Seules les différentes teintes de bleu nous permettent de distinguer les objets les uns des autres. Soudain, le point de vue change (Ridère a peut-être tourné la tête à ce moment-là) et on voit l'autre bout de la classe. Il y a là un immense parc d'amusement rempli de lumières et de couleurs ; la musique y est étourdissante. Nous entendons distinctement un «yahou!» et nous courons vers les manèges, qui sont tous gratuits et actionnés par des chimpanzés.

— C'est ton rêve de cette nuit, Ridère ?

Question inutile. L'enfant est trop absorbé pour répondre. Faunamic aussi. Les yeux grands ouverts et le sourire aux lèvres, ils sont l'image même du bonheur.

Le rêve s'arrête soudainement. Ridère est assis sur un banc près d'un bar laitier et s'apprête à déguster une énorme boule de crème glacée aux fraises. En quelques secondes, c'est le noir total.

Faunamic m'explique :

— Ça finit toujours comme ça. Les rêves durent à peu près quinze minutes.

— On en écoute un autre avant de déjeuner ? propose Ridère.

— Non, les enfants; vous m'avez promis. Allons déjeuner et vous me raconterez les autres rêves que vous avez vus.

J'apprends qu'ils ont déjà vu quatre rêves depuis leur réveil. Il n'y a pas de lien entre eux et, même à l'intérieur d'un rêve, on passe du coq à l'âne et de l'âne à la tortue sans aucune logique. Dans un des rêves, par exemple, Ridère est occupé à regarder ses propres rêves. C'est normal, il y a pensé toute la journée. Tout à coup, il se retrouve sur le dos d'un rhinocéros qui poursuit le professeur Pion parce qu'il vient de voler vingt-cinq cents dans mon porte-monnaie. La chasse à l'homme se poursuit jusque dans un centre commercial tout en verre, sur une île déserte. Dans un autre rêve, Ridère déboule des escaliers sans fin; il tourne, tourne et tourne encore. Soudain, il se met à voler et à cracher du feu; quelques minutes plus tard, il redevient lui-même et se bat contre le dragon.

Après le déjeuner, nous retournons en hâte au salon.

Au début, c'est le noir total, on ne voit rien. Il faut appuyer sur le bouton «avance rapide» pour qu'un nouveau rêve commence enfin. Les enfants reconnaissent aussitôt le rhinocéros jaune, toujours lancé à la poursuite du professeur Pion.

— Tiens ! Le même rêve peut revenir. C'est intéressant, ça.

Mais le rêve s'avère très vite complètement différent : Ridère abandonne son rhinocéros pour jouer au yo-yo, en équilibre sur le toit d'un avion. L'histoire continue ainsi, toujours aussi farfelue, et se termine comme d'habitude en queue de poisson. Nouvel intervalle noir, bientôt suivi d'un dernier rêve brusquement interrompu par une voix caverneuse qui sort du magnétoscope, comme au ralenti :

— Ridère, Ridère, réveille-toi, on va voir tes rêves ! dit la voix.

Celle de Faunamic, évidemment.

CAHIER DE BORD

1er juillet

Boubou fonctionne très bien.

Ridère a beaucoup aimé son expérience.

Première constatation : tous les rêves sont des juxtapositions plus ou moins logiques, mais souvent drôles, d'événements courts.

Je dois admettre que cette machine est plus agréable que je ne le pensais au départ.

Les rêves eux-mêmes sont surprenants ; j'ai hâte d'en voir plus pour en tirer des conclusions.

Je téléphone au professeur Pion pour lui faire part de nos premières impressions.

— Merci, merci beaucoup, Tartenbas. Je suis heureux que l'enregistreur vous plaise et que tout aille bien. Remercie aussi tes deux filles : elles sont très gentilles de se prêter à cette expérience.

— Mes filles ? Vous voulez dire mes fils ? Oh ! Ne vous inquiétez pas, je suis sûr qu'elles en sont... je veux dire qu'ils en sont enchantés ! Au revoir, professeur.

— Au revoir, Barrabas !

Le soir venu, Faunamic monte se coucher à 19 h 30. Je n'ai jamais eu autant de facilité à mettre les enfants au lit.

— Tu exagères, Faunamic. C'est l'été, tu peux te coucher plus tard...

— Oui, je sais, papa. Mais il pleut ; on peut pas sortir. Et je me suis levé tellement de bonne heure. Je suis superfatigué.

— Bonne nuit, mon garçon. N'oublie pas de mettre la machine en marche, surtout...

— C'est fait. Bonne nuit!

Je reste seul avec Ridère et nous jouons au Risk toute la soirée. Je dois l'occuper, sinon il regarderait pour la centième fois le film de ses rêves.

🌀 🌀 🌀

Tous les jours, c'est pareil. Les enfants se lèvent tôt pour visionner les films et se couchent tôt quand c'est leur tour d'enregistrer leurs rêves. Je dois intervenir pour éviter qu'ils passent la journée devant l'écran. Je leur demande de se limiter à un seul visionnement par jour. De toute façon, comme nous conservons les vidéocassettes, il sera toujours possible de les revoir plus tard. Le beau temps est revenu depuis hier; je les incite à sortir le plus souvent possible.

Après une semaine, Boubou fait déjà partie de nos habitudes. Ridère et Faunamic font des rêves très différents, mais ils ont un point en commun: l'absence de logique. Le plus souvent, on voit le rêve à travers les yeux du rêveur. Mais parfois, on dirait qu'une caméra a filmé la scène. Par exemple, dans un de ses rêves, on voit Faunamic au milieu des animaux de la jungle. Il est leur roi et s'adresse à eux dans leur langue.

CAHIER DE BORD

8 juillet

Tout va bien.

Les enfants regardent les rêves de Faunamic. Bien que ce soit intéressant, je m'arrête un peu pour faire autre chose.

J'ai réussi à diminuer le temps de visionnement à trois heures par jour. Les enfants se sont d'abord objectés mais ont finalement accepté.

Je sais bien que c'est les vacances, qu'il faut être un peu plus permissif, mais j'ai presque hâte à la fin de la période d'essai pour que les enfants passent à autre chose.

Je consigne mes observations chaque jour, comme me l'a demandé le professeur Pion. Je suis parfois tenté d'essayer l'appareil, moi aussi, mais je m'abstiens : Boubou est devenu le jeu préféré des enfants. Ce serait amusant pour moi aussi, bien sûr, mais j'ai trop de choses à faire.

◎ ◎ ◎

C'est du moins ce que je croyais. Jusqu'à ce qu'un événement un peu particulier me fasse changer d'idée.

J'avais passé la soirée précédente à ressasser un problème que j'avais laissé en plan avant de prendre mes vacances. Un vrai cauchemar! À mon réveil, ce matin-là, j'avais trouvé la solution tant cherchée! J'avais rêvé que je travaillais et je me voyais confortablement assis à mon bureau en train d'expliquer à mes collègues la meilleure méthode pour équilibrer notre budget. J'étais très fier de moi. Je me suis réveillé d'excellente humeur, avec l'envie de retourner travailler au plus vite pour résoudre ce problème. J'ai déjeuné avec Ridère et Faunamic et je m'apprêtais à mettre la solution sur papier quand je me suis aperçu que j'avais tout oublié.

J'en aurais pleuré. J'avais beau me creuser la tête, je n'arrivais pas à me rappeler quoi que ce soit. J'avais seulement à l'esprit l'image de mes collègues qui m'écoutaient. Complètement découragé, j'ai pensé malgré moi à Boubou. Si seulement j'avais été branché...

Mais pourquoi pas?

— Faunamic! Ridère! Venez, je dois vous parler.

Je m'attendais à ce qu'ils soient déçus.

— Mes enfants, est-ce que ça vous dérangerait beaucoup si j'utilisais Boubou moi aussi?

— Mais non, me répond Ridère.

— Mais bien sûr que non, mon papa,

ajoute Faunamic. On se demandait justement pourquoi ça t'intéressait pas.

— C'est vrai. Prends-le. On ajustera
les jours en conséquence, c'est tout !

— Vous êtes gentils, les gars.

Et ils sont retournés voir les rêves de
Ridère. Mes enfants me surprennent toujours. J'imaginais une longue suite de
protestations et des discussions sans fin.
Mais non. Ils ont accepté tout de suite,
sans poser de questions. Tant mieux.

CAHIER DE BORD

12 juillet

*Ce soir, c'est mon tour. Mon premier
essai ! Je me surprends à être presque
aussi excité que Ridère et Faunamic. Je vais
tenter de diriger mes rêves. Je n'ai jamais
essayé auparavant, mais c'est peut-être
possible. Si ça marche, on pourra peut-être
un jour créer des scénarios que nous com-
pléterons dans nos rêves. Ce sera amusant.*

*Pour l'instant, mon objectif est de rêver
à mon problème de budget. J'ai ruminé
toute la journée pour bien en imprégner
mon cerveau.*

Advienne que pourra !

— Papa, réveille-toi.

— Réveille-toi, papa, tu fais un cauchemar.

J'entends les enfants de l'autre côté de la clôture. Qu'est-ce qu'ils font là?

— Allez-vous-en, les gars. C'est dangereux, ici.

Soudain, je suis assis dans mon lit, tout en sueur. Les enfants me regardent avec inquiétude.

— On dirait que j'ai fait un cauchemar!

— On dirait bien!

— J'étais en prison. Sous mon lit de fer et partout sur le plancher, il y avait des milliers de chiffres! Ils m'attaquaient, essayaient de me mordre, comme des rats. Ils ressemblaient à des rats, d'ailleurs, avec leur moustache et leur queue. Mais c'étaient des chiffres.

— Des chiffres?

— Oui, des chiffres! Des huit, des deux, des trois, des sept. Je ne me souviens plus pourquoi j'étais là.

— Tu t'es trop conpitionné hier soir!

— CONDITIONNÉ, Ridère, CONDITIONNÉ!

— Ben, c'est ça. Tu as trop réfléchi à ton problème et voilà le résultat!

— Tu as sans doute raison. Il est déjà 7 h 30. Allons déjeuner.

— On regarde ton cauchemar avant?

— Non. Il n'en est pas question! Ni avant, ni après. Je n'ai pas envie de le revoir du tout. Moi, je ne joue plus avec cette stupide machine.

Après déjeuner, nous jouons aux cartes pendant une heure, puis vient le temps de faire l'épicerie. Comme d'habitude, les enfants préfèrent rester à la maison. Je pars donc seul. À mon retour, je les trouve devant la télévision qui se bidonnent. Ils ne se rendent même pas compte de ma présence. Je commence à ranger l'épicerie, mais les deux garçons rient tellement fort que je vais me poster à mon tour devant l'écran.

J'y vois une prison, un lit de fer, des rats, des chiffres.

Mon cauchemar!

— C'est ça qui vous fait rire?

— Oups!

— Je ne vous ai pas permis de voir mon rêve! Arrêtez cette machine immédiatement!

— Mais c'est très drôle, papa. Tu as un drôle d'air dans ce film.

— Justement! Ce n'est pas un film. C'est mon rêve que vous voyez là. C'est personnel, un rêve. Vous n'avez pas le droit de voir mes rêves si je ne vous le permets pas.

— Mais...

— Il n'y a pas de mais. Fermez ça immédiatement. On retourne la machine chez le professeur Pion.

— Ah non, papa! s'écrie Faunamic. C'est pas juste. C'est pas de notre faute si tu as fait un cauchemar. Si tes rêves t'intéressent pas, c'est ton problème. Mais je vois pas pourquoi on devrait se débarrasser de Boubou juste à cause d'un cauchemar.

— Finalement, je pense que c'était une mauvaise idée, cette invention, leur dis-je. Je sens qu'on va finir par avoir des ennuis.

— Papa, c'est toi-même qui nous as présentés au professeur Pion, rétorque Ridère. C'est parce que son invention t'intéressait, toi aussi, que tu nous as amenés chez lui!

— Ben oui, ajoute Faunamic. Ça allait bien avant que tu t'en mêles. On avait pas de problèmes avec nos rêves. C'est juste les rêves d'adultes qui embrouillent tout!

— Écoutez, les enfants. Ça ne peut pas toujours être drôle! Un jour, l'un de vous deux n'aimera pas son rêve...

— Tu nous as toujours dit d'assumer les conséquences de nos décisions!

Ils ont le don de retourner contre moi les paroles que je leur dis pour les éduquer. Dans le fond, ils n'ont pas complètement tort. Je réagis parfois un peu vite.

— D'accord. On garde Boubou. Mais il faut qu'on établisse des règles, O.K.?

— O.K.! disent-ils en même temps.

CAHIER DE BORD

13 juillet

Mon premier essai n'a pas été fructueux. Je n'ai pas trouvé la solution à mon problème de budget. Quant au visionnement des rêves, il est nécessaire d'établir des règles afin d'assurer une bonne entente et un respect mutuel.

Les enfants continueront d'utiliser Boubou chacun leur tour. Moi, j'abandonne: je préfère garder mes rêves pour moi.

Certains rêves sont trop personnels pour être visionnés en famille. Désormais, chacun décidera de révéler ou non ses rêves aux autres. De cette manière, il n'y aura pas de chicane et chacun pourra préserver son intimité.

La catastrophe

La vie a repris son cours normal. Nous avons Boubou depuis trois semaines à présent et c'est le bonheur total pour les enfants. Faunamic et Ridère n'ont aucune objection à se montrer leurs rêves. Pourquoi pas, si ça leur chante? En ce qui me concerne, la règle tient toujours et, si jamais je me risque à essayer Boubou de nouveau, je vais exiger qu'elle soit respectée! Je ne voudrais pas avoir de surprises devant mes enfants...

Aujourd'hui, il pleut à boire debout. J'aime beaucoup les orages. Je suis assis sur le balcon, les pieds dans le vide, et je regarde l'eau tomber du ciel. J'écoute son chant pendant que les enfants jouent à l'ordinateur. On passe tranquillement la journée à ne rien faire, ou presque. C'est agréable.

Ce soir, c'est le tour de Ridère. Nous avons passé la soirée à jouer à Donjon et Dragon. Vers 22 heures, Ridère va se coucher. Les enfants ne sont plus aussi pressés d'aller au lit à cause de Boubou ; ils sont retournés à l'horaire habituel.

Durant la nuit, un nouvel orage éclate. Violent.

Je suis réveillé par un bruit épouvantable. Le cadran du réveille-matin est éteint, il n'y a donc plus d'électricité. La foudre a dû tomber très près de la maison. Le corridor s'éclaire brusquement.

— Enfer ! Le feu !

Je me précipite dans la chambre de Ridère. C'est de là que vient la lumière. La porte est ouverte, Faunamic est déjà là.

— Ça va, mon gars ?

— Ou... Oui... Ridère... Il... Il est...

— Il est où ? Je ne le vois pas ! Ridère ! Réponds-moi, Ridère !

— Dans... Dans la... Il est dans la machine ! Bou... Boubou a bou... a avalé Ridère !

— Quoi ? Voyons donc, ce n'est pas possible. Mais que fais-tu ? Non ! Ne t'approche pas... Faunamic !

Trop tard. Faunamic s'approche de la machine pour s'en emparer. Il n'a pas sitôt posé la main dessus que tout son corps devient translucide et phosphorescent, avant de disparaître à l'intérieur de l'enregistreur de rêves.

— Mais voyons! Qu'est-ce qui se passe? Je rêve? Ah, zut de zut de zut! Qu'est-ce que je fais? Pion! Il faut que j'appelle Pion!

Pas de réponse, évidemment. En pleine nuit, c'est normal. Ah! Il a un répondeur.

— Professeur, c'est moi, Amargars. Venez vite! La machine s'est détraquée, les enfants sont à l'intérieur. Il faut faire quelque chose!

Et moi, en attendant, qu'est-ce que je fais? La police ne peut pas faire grand-chose, inutile de l'appeler immédiatement. Il faut trouver une solution, et vite. Je n'ai pas d'autre choix que de suivre mes enfants. Je ne sais pas ce qu'ils sont devenus, mais je ne peux pas rester là sans rien faire.

J'ai peur. Je tourne en rond quelques secondes en fixant la machine. Je dois me décider avant que l'orage s'arrête. Je mets la main sur l'enregistreur.

Rien ne se passe.

— Oh non! J'espère qu'il n'est pas trop tard! Prends-moi, machine! Explose! Fais quelque chose.

Toujours rien. Je reste figé, la main sur la foutue machine. J'ai l'air d'un idiot.

Soudain, la foudre éclate : je sens l'électricité monter dans mon corps. Le téléphone sonne. Pion, sans doute. Je suis incapable de bouger. Je vois à travers ma main, à présent. Et cette étrange lueur qui sort de mon corps... Tout à coup, le noir. Le silence. Il fait un peu froid. J'ai l'impression de flotter.

— Mais je flotte ! Ce n'est pas une impression ! Ça y est. Je monte au ciel. Je dois être mort.

Je commence à nager comme si j'étais dans l'eau. Je suis encore dans le vide, mais j'arrive à me diriger en nageant. Je n'y vois rien. Tant pis ! Je nage. Droit devant. Il se passera bien quelque chose. C'est curieux, il n'y a pas d'anges, pas de saint Pierre avec la clé du paradis. La route est bien longue pour le ciel.

J'entends enfin un son, à peine perceptible au début. Je m'en approche. De la musique. De cirque : cornemuse, trompette, tambour. J'entends des rires aussi. Des rires d'enfants. Je vois un point lumineux devant moi. Je nage du mieux que je peux pour l'atteindre. Une lumière rose. Une plate-forme carrée. J'atterris dessus.

— Bon, je suis où, maintenant ?

Je ne sais pas d'où vient cette lumière mais, autour de moi, la noirceur se dis-

sipe peu à peu. Tout devient rose : mes
vêtements, ma peau, la plate-forme, tout.
J'ai l'impression de ne plus pouvoir
voler. Je saute en l'air pour vérifier. Non.
Impossible de voler. Je suis de nouveau
soumis aux lois de la pesanteur. Autour
de moi, c'est le vide. Et toujours cette
musique et ces rires d'enfants loin au-
dessous. Tiens, je ne l'avais pas remarqué, mais il y a une glissoire qui descend
à l'infini. Ça semble être la seule issue
possible. Les trois autres côtés de la
plate-forme donnent dans le vide. Que
faire ? Je ne peux tout de même pas rester
ici ! Je m'assois sur le rebord et je retiens
mon souffle.

— Bon. J'y vais !

Et je me laisse descendre.

— Aaaaaaaaaah...

Je descends, descends, descends. Je
n'en finis plus de descendre. J'espère que
l'atterrissage ne sera pas trop dur. Une
drôle d'odeur m'effleure les narines. Une
odeur sucrée !

— Mais... c'est du bonbon !

Ma glissoire est en bonbon ! Rouge et
blanche, comme une canne de Noël.

— Ce n'est vraiment pas le paradis
que j'imaginais !

La descente continue. Il fait de plus en
plus clair. Des oiseaux tourbillonnent

autour de moi. Ils se chuchotent des choses à l'oreille. À l'oreille ? C'est bien la première fois que je vois des oiseaux avec des oreilles. Ils ont même des chaussures ! Bleues ! Chaque oiseau a sa paire. Je suis décidément dans un drôle de monde. La frayeur me saisit : ces oiseaux sont presque aussi gros que moi. Ils ont cessé de me tourner autour et me suivent, à présent. À moins que ce soit moi qui les suive ? De toute façon, je n'ai d'autre choix que de continuer à descendre.

Tiens ! Il me semble que je ralentis. La glissoire est moins à pic. Je dois arriver à destination. Mais quelle destination ? Je suis nerveux. Je pense à mes enfants. Pourvu qu'ils aillent bien !

Je distingue des formes, en bas. Mais elles sont encore trop loin ; je n'arrive pas à les identifier. Mes drôles d'oiseaux sont toujours là, à côté de moi. Ils me regardent du coin de l'œil. L'un d'eux porte une cape rouge. De toute évidence, c'est le chef du clan. Ma glissoire en bonbon a changé de couleur. Elle est multicolore, à présent. Très joli.

Ça y est, je vois bien, maintenant. Une ville. Avec un château à l'entrée, sur une colline et beaucoup d'édifices. La glissoire m'y conduit, décrivant une longue courbe dans le ciel.

Mais alors... Est-ce possible? Je glisse sur un arc-en-ciel?

Oui, c'est vraiment un arc-en-ciel. À ma gauche, il pleut et à droite, le soleil brille. En plein ce qu'il faut pour les faire apparaître!

— C'est incroyable! Comme dans les dessins animés!

J'atterris enfin dans le jardin du château. Les drôles d'oiseaux se posent à côté de moi, dévissent leurs ailes et les rangent dans un grand coffre, puis m'encerclent. Le chef à la cape rouge s'avance et s'adresse à moi dans une langue chantante, nouvelle à mes oreilles. Comme je ne réponds pas, il se tourne vers deux de ses acolytes. Ceux-ci m'empoignent avec leurs bras, qui ressemblent étrangement à des pattes de chat, et m'amènent vers le château. Le chef nous précède et tous les autres oiseaux suivent, en rangs serrés. Même sans leurs ailes, ils ressemblent encore à des oiseaux à cause de leurs plumes vertes et jaunes.

Le sol est moelleux. Ce n'est ni de la terre ni de la pelouse. La surface d'un blanc immaculé ne semble pas se salir sous nos pieds. Ce n'est pas de la neige non plus. Je ne peux pas me pencher pour vérifier, mais on dirait de la guimauve. Les arbres sont semblables à ceux de notre monde, sauf qu'ils portent tous d'énormes fruits appétissants. Il n'y a pas d'érables, ni de chênes ou de conifères ; seulement des cerisiers, des pommiers, des poiriers, des orangers. C'est un monde bien étrange.

— Où m'emmenez-vous ?

Mes hôtes ne me répondent pas. Ils ne sont pas du tout agressifs. Un peu prudents, naturellement, puisqu'ils ne me connaissent pas. Je suis sûrement aussi étrange pour eux qu'ils le sont pour moi. Mais je ne les intéresse pas vraiment. Ils ont sans doute vu d'autres humains avant moi. Ils savent peut-être où sont Ridère et Faunamic. Si seulement je pouvais communiquer avec eux, je pourrais le leur demander.

Le sentier qui mène au château n'en finit plus. L'air est toujours imprégné d'une odeur sucrée, celle de la guimauve, des fruits, du chocolat. J'entends aussi une musique dont je ne peux détecter l'origine. On dirait que tout ce qui vit autour émet une délicate musique, à peine perceptible, mais très agréable. Le reste ressemble à ce que je connais. Le ciel est bleu. Quelques nuages se baladent, main dans la main. Le soleil brille de tous ses feux, mais la température est confortable, ni trop chaude, ni trop fraîche.

Nous arrivons au château. Chaque oiseau se prend un fruit et l'avale d'une seule béquée. J'aurais bien aimé en manger, moi aussi, mais on ne m'en offre pas.

Les douves sont remplies de crocodiles bleus qui me regardent en se léchant les babines. Le chef des oiseaux lance un caillou au centre d'un cercle rouge peint sur le mur de pierre. Un film est alors projeté sur ce mur. Un autre oiseau y figure, en cape bleue cette fois, qui s'adresse au chef dans la même langue que tout à l'heure. Sans doute échangent-ils des mots de passe... et des signes de passe. Le premier oiseau se tourne le nez puis il se tape trois fois sur la tête en gardant la langue sortie. Mon hôte lui répond en tournant deux fois sur lui-même et se dévisse ensuite le nombril.

Le pont-levis s'abaisse et un grand trou se creuse dans le mur du château, en face de nous. C'est par là que nous entrons, l'oiseau à la cape rouge, mes deux gardiens et moi-même. Le reste de la troupe demeure à l'extérieur. Dès que nous sommes dans le château, le mur se referme derrière nous. Les trois oiseaux enlèvent leurs chaussures et les déposent près de la porte. Je suis surpris de constater que leurs pieds sont comme les nôtres. L'hôte à cape bleue me fait signe de retirer mes chaussures et m'invite à le suivre.

Nous entrons dans une grande salle aux murs de briques roses, au fond de laquelle un roi somnole sur son trône.

À côté de lui, un chat déguisé en bouffon me dévisage.

— Messire, votre invité est arrivé, dit-il en s'inclinant vers le roi.

Surpris, je ne peux m'empêcher de répliquer :

— Quoi ? Vous parlez français ?

Pour toute réponse, on me fait des gros yeux. J'en déduis que le silence est de rigueur.

Le roi ouvre lentement un œil, puis l'autre, se redresse un peu sur son trône et me regarde à travers les brumes du sommeil.

— Ah ! C'est vous, Amargars, dit-il en continuant de ronfler. Vous en avez mis du temps ! Un peu plus et je tombais endormi.

— Vous m'attendiez ? Vous connaissez mon nom ?

— Mais bien sûr ! Je suis le roi ! Je sais tout et je connais tout !

— Alors vous savez où sont mes enfants ?

— Certainement : ils sont dans leurs appartements. Mes gardes vont vous y conduire. Nous nous reverrons plus tard, je vais dormir un peu. À bientôt !

Et le roi tombe instantanément endormi sur le plancher. À l'aide de deux oiseaux, le chat-bouffon le ramasse et le dépose sur son trône sans même le réveiller.

Les oiseaux m'amènent dans une autre salle, où je retrouve avec joie Ridère et Faunamic qui jouent avec un train électrique.

— Papa !

— Ah ! Mes enfants ! C'est bon de vous revoir. Vous avez l'air en forme. Les oiseaux ne vous ont pas fait de mal, j'espère ?

— Bien sûr que non, me dit Ridère. Ils font tout ce qu'on leur demande, au contraire. Comme si nous étions des rois.

— C'est toi, le roi, dit Faunamic à son jeune frère.

Puis, se tournant vers moi :

— On est dans le rêve de Ridère, papa. Tous les Schmiloques sont en adoration devant lui.

— Tous les quoi ?

— Les Schmiloques. C'est une sorte de petit lutin très rigolo qu'on trouve un peu partout dans la ville. Tu vas en rencontrer souvent, tu vas voir. Ils sont pas méchants du tout ; ils aiment beaucoup rire. Tiens, il y en a justement quelques-uns qui grignotent tes pantoufles derrière toi.

— Mes pant... Hé ! J'ai l'air fin, maintenant, avec mes talons découverts ! D'où sortent-ils ? je demande en me retournant. Je ne les ai pas entendus arriver.

— C'est normal que tu les aies pas entendus, me répond Ridère. Ils se déplacent en silence, et seulement par téléportation. Ils peuvent disparaître et réapparaître n'importe où, n'importe quand. Une chance pour eux ! Parce qu'arrangés comme ils sont...

Je suis bien d'accord avec Ridère. Derrière moi, une dizaine de petites boules de poils jaunes avec des bras et un visage me regardent en souriant avec leurs grands yeux rouges. Ils n'ont ni jambes ni pieds pour les soutenir et reposent directement par terre, comme des balles.

— Et pour tes pantoufles, ajoute Faunamic, ça te fera pas de tort de t'en acheter d'autres...

— Ils sont vraiment bizarres, hein, les enfants ?

— Oui, mais ils sont sympathiques,

me répond Ridère. Leur seul défaut, c'est leur appétit. Ils mangent tout et tout le temps. Et quand on dit tout, c'est tout! En plus, ils sont obsédés par le caoutchouc. Dès qu'ils en voient, ils peuvent pas s'empêcher de le manger. Pauvres oiseaux qui portent des espadrilles ou d'autres trucs en caoutchouc : ils se les font toujours bouffer par les Schmiloques.

— Ah bon! Très intéressant, dis-je. Mais il faudrait songer à partir d'ici.

— Pas déjà! On vient juste d'arriver! On reste encore un peu, d'accord? C'est très drôle, ici. Tu vas voir.

— Je n'en doute pas, Ridère. Mais on ne peut pas vivre éternellement dans ton rêve. Il faut revenir à la réalité. Est-ce possible?

— Ben oui, c'est possible, reprend Ridère. Toutou-Jaune est capable de nous ramener n'importe quand. C'est un roi, après tout!

— Toutou-Jaune?

— C'est le nom du roi. Il s'appelle comme mon vieux toutou!

— Ah bon! De toute façon, ce n'est pas parce qu'il est roi qu'il peut tout faire.

— Dans mes rêves, le roi peut tout faire.

— Allons le lui demander tout de suite, alors. Je n'ai pas envie de rester ici. Je me sentirai en sécurité seulement quand nous serons à la maison.

— Il dort sûrement à cette heure-ci. Il vaut mieux ne pas le réveiller. On va visiter les lieux et on ira le voir ensuite. D'accord?

— Je préférerais...

— Dis oui, papa, insiste Faunamic. C'est pas tous les jours qu'on peut visiter un rêve.

Je cède, comme d'habitude.

— Cinq minutes, pas plus!

Une visite
au château

Nous quittons les appartements de Ridère et de Faunamic, puis nous nous acheminons vers la ville.

— Tu vois, Amargars, c'est la ville idéale, ici. Il y a tout ce qu'on veut et rien de ce qu'on veut pas!

Toujours le goût de l'aventure! Quand mes enfants m'appellent Amargars, tout peut arriver, même l'impossible!

— Une ville de rêve, quoi!

— Regarde, Amargars, reprend Ridère. Tu vois le centre sportif, à gauche? Ici, il est interdit de gagner. Comme ça, il y a jamais de perdant et tout le monde est content.

— Mais à quoi sert de jouer si on ne peut pas gagner? Il faut un moyen de voir si on s'améliore ou si on est le meilleur.

— Justement, non! Dans ce monde-ci,

on a jamais besoin de prouver des choses comme ça. Personne a le droit d'être meilleur que les autres. C'est plus juste.

— Sauf pour le roi, je suppose?

— Bien entendu, répond Faunamic. Pour le roi et pour Ridère. Il est comme le roi, ici. Tout le monde le laisse toujours gagner. Tiens! Un match de baseball. Vas-y. Ridère, montre-lui comment tu joues.

Ridère court vers le terrain de baseball. Les joueurs des deux équipes le saluent et le gratifient d'un large sourire. Il se rend directement au marbre et empoigne le bâton. Le lanceur lui envoie une balle extrêmement bien placée, ce qui lui permet de la frapper très fort et très loin, de l'autre côté de la clôture. Coup de circuit! Ridère fait le tour des trois buts à bicyclette. Il prend ensuite la place du lanceur et aucun joueur ne réussit à frapper ses balles. En position dans le champ, Ridère n'a qu'à lever la main pour que toutes les balles atterrissent directement dans son gant. Et la partie continue ainsi, quelle que soit la position de Ridère sur le terrain.

— Tu vois? me dit Faunamic. Il gagne à tous les coups, peu importe le jeu.

— Viens jouer, Amargars! Viens nous montrer ce que tu sais faire!

— Les cinq minutes sont écoulées, les gars. Il faut partir!

— Ça fait juste deux minutes qu'on est ici! On t'a rien montré encore. Faut pas avoir peur comme ça, Amargars. Viens...

Faunamic ne me laisse pas le temps de répondre. Il court vers le terrain et attend.

— D'accord, mon gars, c'est moi qui lance. Essaie de frapper ça!

Je lui lance une première balle. Ridère la frappe très haut et très loin.

— Qu'est-ce que tu dis de ça, Amargars?

— Bravo! Mais elle était facile, celle-là. Prépare-toi! La prochaine, tu ne la verras même pas!

Ridère la frappe encore plus loin que la première.

— Est-ce que tu vas m'en lancer une vraie, maintenant?

Faunamic éclate de rire, et tous les oiseaux ainsi que les Schmiloques en font autant. Vexé, j'en lance une comme je n'en ai jamais lancé auparavant. Une balle rapide, presque impossible à frapper. Du moins, c'est ce que je crois.

Encore une fois, elle se perd dans les gradins. Trois autres balles: à gauche, à droite, au centre. Ridère les frappe toutes. Décidément, il y a une attrape. Je sors du terrain.

Ridère me rejoint, fier de lui, après avoir salué les deux équipes.

— Très impressionnant, mon garçon. Bravo. On s'en va, maintenant?

Au même moment, un Schmiloque surgit sur le terrain et a le temps d'ingurgiter le bâton, le marbre, deux balles et une partie du banc des joueurs avant d'être aspergé d'une mousse bleue qui l'immobilise totalement. Deux des oiseaux qui m'ont accompagné à mon arrivée atterrissent avec une cage et y enferment le petit Schmiloque, qui pleure à chaudes larmes.

— Il va en prison? je demande.

— Non, il y a pas de prison, ici, m'explique Ridère. Mais il est condamné à manger du brocoli pendant un an. Après, la mousse bleue qu'il a sur le corps disparaîtra automatiquement. Tant qu'il a cette mousse, il a aucun pouvoir de téléportation, alors il peut plus se déplacer. Il devra se contenter de manger ce qu'on lui donnera. Les Schmiloques détestent le brocoli, comme tout le monde, mais quand il sera affamé, il sera bien obligé d'en manger.

— Comment est-ce que tu sais tout ça?

— Ben, c'est mon rêve, c'est normal que je sache tout !

— Ah bon. Allons voir le roi !

— O.K., mais passons par cette rue, là-bas. Tu pourras mieux voir la ville.

Nous empruntons la rue, avec Ridère comme guide.

Il y a des ordinateurs partout et chacun peut l'utiliser comme il veut. Par exemple, si quelqu'un désire arroser ses fleurs, il n'a qu'à indiquer l'emplacement de son terrain ainsi que la quantité de pluie nécessaire à l'ordinateur de son choix ; un nuage s'installera au-dessus de ses fleurs et exécutera la commande. Autrement, il ne pleut jamais dans la ville même — seulement à l'extérieur.

Le supermarché est ouvert la nuit comme le jour et on peut s'y approvisionner à volonté sans rien payer.

— Il y a pas de voleurs dans la Cité de Toutou-Jaune, me dit Ridère. Les seuls êtres à surveiller sont les Schmiloques. Mais ils ont pas le droit d'entrer dans les supermarchés.

— Et ça, qu'est-ce que c'est ? On dirait une statue.

— Tu as raison, Amargars, me répond Faunamic. C'est la statue de Ridère. C'est un héros dans la Cité de Toutou-Jaune. Son nom est partout, d'ailleurs. Leur journal s'appelle *La Chronique de Ridère*; leur meilleur restaurant, le McRidère et leur cinéma, le Ridère.

— Wow! Tu dois aimer ça, mon garçon?

— Bien sûr!

Les enfants sont tellement excités que je me laisse entraîner plus loin. Occasionnellement, des Schmiloques viennent bouffer quelque chose près de nous ou simplement nous observer en riant. Ils s'amusent même à apparaître à nos pieds pour nous faire trébucher et disparaissent aussitôt dans un grand éclat de rire. Parfois, les Schmiloques ne peuvent résister et mangent quelque chose d'interdit. Ils sont aussitôt arrêtés et aspergés de mousse bleue.

Les rues sont blanches partout. Vérification faite, c'est effectivement de la guimauve.

— Personne n'en mange, de cette guimauve?

— Ben non, voyons donc! Ça ferait des trous dans la chaussée! Quand on veut de la guimauve, il faut aller au supermarché. C'est gratuit, de toute façon.

Je remarque que toutes les maisons sont identiques, à l'exception de la couleur.

— Oui, ce sont toujours les mêmes ouvriers qui fabriquent les maisons, m'explique Ridère. C'est le seul modèle qu'ils connaissent. C'est pas bien grave, les gens ici aiment pas être trop différents les uns des autres. Pour la couleur des murs, ils prennent celle qui est disponible au moment où ils construisent leur maison. La couleur de la pluie, quoi!

— La couleur de la pluie?

— Ben oui: à l'extérieur de la ville, il pleut toujours. Alors imagine ce que ce serait si la pluie était incolore. Pour faire plus joli, la pluie change de couleur chaque jour. Comme la peinture est faite avec de l'eau de pluie... Logique, non?

— C'est logique, répète Faunamic.

— Comme vous dites, les gars, c'est logique. Mais là, je crois qu'on en a assez vu. Il faudrait songer à partir, je commence à être vraiment inquiet. On va avoir l'air fou si on ne peut pas sortir d'ici!

— Juste une minute, Amargars! Je veux te montrer le musée.

— Le musée?

— Oui, me dit Ridère. Le musée d'histoires. Tu vas le trouver drôle. C'est juste une rue plus loin.

— Tu n'as pas l'habitude de visiter les musées d'histoire, mon gars.

— Attends, tu vas voir.

Il m'attrape le bras et m'entraîne vers un immense édifice qui flotte entre ciel et terre.

— Mais comment est-ce possible?

Ridère et Faunamic se regardent malicieusement.

— C'est une longue histoire, Amargars. Tu devrais demander au gardien de nous faire monter; il est là, en dessous. T'en fais pas, il est pas dangereux.

— Hé! Il a la tête en bas. On dirait... Mais c'est un vampire! Dracula!

— Mais non, Amargars. Dracula, c'est rien qu'une histoire, tu le sais. Dis-lui qu'on veut visiter le musée.

— Mais je ne veux pas...

L'homme ouvre les yeux et me regarde à l'envers.

— Pour visiter le musée, vous devez répondre à ma question, dit-il de sa voix caverneuse. Écoutez bien, je ne répéterai pas: pourquoi les mouffettes ne restent-elles jamais ensemble?

— Ben, parce que... euh...

Le vampire m'interrompt aussitôt:

— Parce qu'elles ne peuvent pas se sentir! Ha, ha, ha...

Il se tord de rire, aussitôt imité par les enfants et par une trentaine de Schmiloques que je n'avais pas remarqués. Je commence à comprendre ce que veut dire le mot «histoire» dans ce musée. À force de rire, le vampire tombe sur la tête. Une trappe s'ouvre sous le musée, un escalier en sort et descend jusqu'à nous.

— Allons-y, Amargars.

Toujours pliés en deux, mes enfants se précipitent dans l'escalier. Je les rejoins, m'efforçant de rire avec eux. J'arrive en haut de l'escalier et j'entends un bruit curieux. Je lève la tête et je reçois une tarte à la crème en plein visage. Nouvel éclat de rire.

— Ha, ha! Très drôle!

Je m'essuie le visage avec mon haut de pyjama et je fais un pas en avant. Woups! Je me retrouve assis dans une glissoire qui se termine dans une piscine. La glissoire est en Jell-O aux fraises et la piscine contient des cubes de toutes les couleurs. Mes garçons dégringolent à leur tour.

— Tu as déjà nagé dans du Jell-O, Amargars?

— Voulez-vous bien me dire ce qui se passe ici? Il est bien curieux ce musée!

— Pour apprendre de nouvelles histoires à raconter à mes amis, c'est super, me dit Faunamic.

Ridère, quant à lui, essaie de faire la planche.

— Wow! C'est plus facile que dans l'eau!

Moi, je ris de plus en plus jaune.

— Bon! Là, je ne ris plus! Il faut partir, les enfants. Je veux rentrer et j'ai bien peur qu'on ne puisse pas le faire de sitôt. Vite! Allons voir le roi. Sinon, je vais me fâcher.

Faunamic et Ridère acquiescent en maugréant un peu.

Comme je m'y attendais, le roi Toutou-Jaune dort comme une bûche.

— Pouvons-nous le réveiller? je demande à l'un des gardes du corps.

— Schimouk poc poc. Slimbouté yagarriseur do raratu urutoyè. Traduction: Non, ce n'est pas possible.

— Mais nous devons absolument retourner chez nous.

— Riri! Qwity smaque ribou a tritritri. Traduction: Je sais, c'est moi qui suis chargé de vous faire sortir d'ici.

— Mais pourquoi ne l'avez-vous pas dit plus tôt?

— Smiel moubasik chiak ak ak kmoni. Rohasioutre! Traduction: Parce que vous ne me l'avez jamais demandé!

— Alors, allons-y. Mais, dites-moi, pourquoi utilisez-vous toujours les deux langues? Ne serait-ce pas plus facile de répondre directement en français?

— Yoma! Kacadwazo rewutoi folosofoco. Di. Traduction: Wow! Quelle bonne idée! Merci.

— De rien. Où allons-nous maintenant?

— Vli komitr. Oh! Pardon, c'est l'habitude. Deuxième porte à droite.

— C'est tout?

— Puisque je vous le dis! Vous prenez la quatrième porte à gauche.

— La quat... Vous n'avez pas dit la deuxième à droite?

— Si, bien sûr. Vous prenez la première porte à gauche!

— Vous vous moquez de moi, ma parole. On prend la deuxième, la quatrième ou la première?

— Les trois. Si vous m'aviez écouté sans m'interrompre, vous auriez compris. Derrière la deuxième porte à droite se trouve un couloir. Vous le suivez et prenez la quatrième porte à gauche. Un autre couloir et vous prenez ensuite la première à gauche. C'est pourtant simple!

Voyant que je m'impatiente, Ridère me prend le bras pour m'inciter à garder mon calme et s'adresse au garde:

— Il y a encore beaucoup d'autres portes après, monsieur?

— Oh, je ne sais pas, nous n'avons pas le droit d'y aller; c'est réservé aux humains. Et comme vous êtes les premiers humains à faire irruption dans notre monde, nous ne savons pas encore si le système marche. Mais j'ai confiance, le roi Toutou-Jaune a dit que c'était le passage pour sortir des rêves.

Ridère me pousse vers la porte pour m'empêcher de répliquer.

— Te fâche pas, Amargars. Fais-moi confiance. On va suivre les couloirs, c'est le roi qui le dit.

Une centaine de Schmiloques s'agglutinent près de la porte. De toute évidence, ils veulent venir avec nous. Les gardes du roi ne sont pas d'accord et les neutralisent à grand renfort de mousse bleue. Il nous faut au moins vingt minutes pour dégager les Schmiloques. Tout cela ne m'aide pas à garder mon calme!

Nous nous engageons enfin dans le premier couloir. Les murs sont faits de la même substance que la glissoire de bonbon qui m'a amené dans le rêve de Ridère.

— C'est sûrement bon signe, Amargars. On doit être dans la bonne direction. En tout cas, ils sont délicieux, ces murs.

Nous suivons les instructions de l'oiseau de malheur. Au bout de quelques minutes qui me semblent des heures, nous nous engageons dans un grand couloir, puis dans un troisième.

— Un vrai labyrinthe ! s'exclame Ridère.

On arrive enfin devant une porte close sur laquelle est collée une enveloppe. Un message à l'intérieur se lit comme suit :

DERRIÈRE CETTE PORTE SE TROUVE UN MONDE TOTALEMENT DIFFÉRENT. SEULS LES HUMAINS ET LES SCHMILO-QUES PEUVENT Y SURVIVRE. POUR ENTRER, VOUS DEVEZ FRAPPER TROIS COUPS ET CRIER LE MOT DE PASSE.

— Le mot de passe ? Mais personne ne nous a parlé d'un mot de passe !

— Le garde a peut-être oublié !

— Est-ce que ça veut dire qu'on doit retourner au château, Amargars ?

— J'ai bien peur qu'on n'ait pas le choix. Mais je vous garantis que ce garde-là aura affaire à...

Faunamic m'interrompt :

— On peut pas retourner là-bas ! Les portes ont disparu derrière nous. Il reste juste un mur, maintenant. Il faut trouver une autre solution. C'est ton rêve, Ridère ; tu connais sûrement le mot de passe. Réfléchis...

— Je sais pas, moi, je me souviens pas de tous mes rêves !

Les enfants commencent à se chicaner, signe, chez eux, d'un début d'inquiétude. Ils en ont mis du temps! Moi, ça fait longtemps que je suis inquiet. Nous voilà pris au piège. Dans un rêve, en plus!

— Si seulement on pouvait défoncer le mur.

— Bonne idée, Amargars! Viens, Ridère, on va défoncer le mur.

— Mais il a au moins dix centimètres d'épaisseur, le mur. Vous n'avez pas remarqué quand on a passé les portes?

Je n'ai pas terminé ma phrase que Ridère et Faunamic sont déjà en train de lécher le mur. Mais bien sûr! Il suffisait d'y penser: le mur est en bonbon! À force de le lécher, on finira bien par le traverser. Je m'y mets donc, moi aussi.

Nous léchons tous les trois à qui mieux mieux.

— Aïe, aïe, aïe! Ça avance pas vite. J'ai la langue engourdie, remarque Ridère, tout barbouillé. C'est bon mais ça fait beaucoup.

— Ne vous découragez pas, les gars. On a presque un centimètre de léché.

Ridère ouvre la bouche pour répondre, mais n'en a pas le temps: son corps se met soudain à briller et devient translucide.

— Ridère, qu'est-ce qui t'arrive?

Il me regarde comme s'il voulait parler, mais il disparaît aussitôt. Puis c'est le tour de Faunamic: il brille, devient translucide, puis disparaît. Et puis le mien.

Je me retrouve de nouveau dans le noir en train de nager vers la lueur que j'aperçois au loin. Au même moment, une voix étrange résonne à mes oreilles:

— Cartenbas! Est-ce que ça va? C'est moi, Pion. Vous êtes chez vous maintenant. Vipère et Alambic sont ici aussi, près de moi.

Je m'habitue graduellement à la lumière du jour et je finis par reconnaître le professeur Pion, debout devant moi. Ridère et Faunamic sont là, abasourdis eux aussi.

— J'ai accouru aussitôt que j'ai entendu ton message, Ragada. Ça a été un peu compliqué de réparer l'enregistreur de rêves; la foudre avait fait beaucoup de dégâts. Mais il fonctionne très bien maintenant...

J'écoute à peine le professeur. Je serre mes enfants contre moi et nous pleurons ensemble. Nous sommes si heureux d'être de retour à la maison. L'horloge indique 7 h 30. C'est le matin.

— ... alors il suffisait de revoir le film

à l'envers. C'est ce que j'ai fait. J'ai rembobiné le film de Parterre et je l'ai regardé la tête en bas. C'était plutôt inconfortable mais le résultat est là. Vous êtes revenus comme je l'avais prévu. La prochaine fois que vous l'utiliserez...

— Professeur, je suis désolé, mais je crois que c'est fini pour nous. On vous remercie beaucoup, mais nous allons arrêter l'expérience.

— Pourquoi arrêter, Amargars ? demande Ridère. La machine est réparée.

— Ben oui ! On a juste à pas l'utiliser les soirs d'orage.

— Non, non, les enfants. On en a assez vu comme ça. N'insistez pas. Cette fois-ci, je ne céderai pas.

Puis, m'adressant au professeur :

— Votre invention nous a procuré beaucoup de plaisir et nous vous en remercions. Je vais vous faire un rapport détaillé la semaine prochaine. Pour l'instant, les enfants et moi, nous allons prendre un repos bien mérité.

Le professeur est donc reparti avec tout son matériel, un peu déçu que ce soit déjà terminé. Mais comme je le connais, il reviendra certainement nous proposer très bientôt une autre de ses inventions.

Fâchés, Ridère et Faunamic me tournent le dos et vont bouder dans leur chambre.

Au moins, c'est terminé. Nous sommes de retour à la maison, sains et saufs. Les enfants s'en remettront.

Oh! Oh!

Tout est terminé, à présent. J'ai remis mon rapport au professeur Pion en l'incitant à revoir sa machine. Il est même invité à souper chez nous ce soir; il est bien content. Nous rions beaucoup en lui racontant les détails de notre aventure. Lui nous raconte comment il en est venu à créer cet enregistreur de rêves, puis il nous parle de ses autres inventions, de ses projets. Il cause sans arrêt pendant tout le repas et il réussit même à dire mon nom correctement une fois — peut-être par hasard.

— Qu'avez-vous fait de la tarte aux pommes, les enfants?

— Quelle tarte aux pommes? me demande Faunamic. Je l'ai pas vue.

— J'ai pas vu de tarte aux pommes, ajoute Ridère. T'as peut-être oublié de l'acheter? Ce serait pas la première fois!

— Ne riez pas de moi, les gars. J'ai acheté une tarte aux pommes pour le dessert, j'en suis certain. L'avez-vous mangée, ou quoi?

— On l'a jamais vue, ta tarte, je te le jure!

Les enfants ont l'air sincères. Je ne comprends pas ce qui se passe. Je l'ai peut-être oubliée sur le comptoir du magasin. Il faudra que je vérifie. Avec toutes ces émotions, une telle distraction est fort possible.

Après le départ du professeur, je laisse les enfants s'amuser avec l'ordinateur et je fais la vaisselle.

— Papa! Où est passée la souris de l'ordinateur?

— Elle n'est pas supposée se promener toute seule, les enfants! Vous l'avez certainement égarée quelque part.

— Elle était là avant le souper! On y a pas touché de la soirée. C'est pas juste, chaque fois que quelque chose disparaît, on est tout de suite accusés! C'est peut-être toi, papa, qui l'a perdue!

— Ne vous fâchez pas, les enfants! On la trouvera bien. C'est sans doute le professeur qui l'a prise par mégarde. Je vais l'appeler. En attendant, trouvez-vous un autre jeu.

Je téléphone au professeur Pion et il

m'affirme qu'il n'y a pas l'ombre d'une souris d'ordinateur chez lui. Je fouille la maison de fond en comble. Pas la moindre trace de cette foutue souris.

— Elle est peut-être vivante, papa?

— J'espère qu'on va la trouver. Ce n'est pas donné, une souris comme celle-là.

Le lendemain, je fais encore un peu de recherches, mais en vain. Dans l'agitation, nous avons probablement laissé tomber accidentellement la souris dans le sac à ordures. Je vais en acheter une autre.

De retour à la maison, je monte directement aux chambres des enfants pour leur proposer un bon poulet au cari.

— On dirait que vous vous êtes encore chicanés.

— C'est Ridère. Il a encore pris ma cassette sans me le demander...

— J'y ai pas touché, à ta cassette! C'est même pas vrai!

— Elle doit encore être en dessous du lit, comme la dernière fois. Pourquoi vous n'allez pas jouer dehors? Il fait tellement beau.

Ils y vont sans même se regarder. Comme je les connais, dans moins de quinze minutes ils auront tout oublié et joueront ensemble comme avant.

Pendant ce temps, je prépare le souper

et je m'aperçois qu'un chaudron a disparu ainsi que l'horloge de la cuisine.
Décidément, quelque chose ne tourne
pas rond par ici. Je sors dans la cour
arrière, où les enfants jouent au base-ball
avec des amis.

— Qu'avez-vous fait de mon chaudron, les enfants? J'en ai besoin pour
préparer le souper.

Ils me répondent qu'ils n'y ont pas
touché, bien entendu. Je commence à
croire que quelqu'un nous joue des
tours. Il faudra bien verrouiller les portes
avant d'aller au lit ce soir. Je me décide à
faire le tour de la maison et je constate
que d'autres objets ont disparu: des dis-
ques, un oreiller, quelques livres. Ce qui
est curieux, c'est que la plupart n'ont pas
une grande valeur. Si c'est l'œuvre d'un
voleur, il n'est pas très brillant.

Le soir même, Faunamic se plaint que
les pneus de sa bicyclette ont disparu
aussi. Puis c'est au tour de Ridère de perdre les siens.

Les objets disparaissent les uns après
les autres. Chaque nouvelle journée
amène son lot de disparitions mystérieu-
ses. Aujourd'hui, ce sont les pneus de
ma propre bicyclette.

— C'est bizarre, hein, les enfants?
Vous voyez les traces de morsures, là?

On dirait celles d'un animal. Vous imaginez? Un énorme lion en train de déguster un sandwich à la bicyclette?

Je trouve cette image très drôle et j'éclate d'un fou rire incontrôlable.

— Ha! ha! Hé! hé! Un gros lion... Ha! ha! Un sandwich... Ha! ha! À la bicyclette... Ha! ha!

Ridère et Faunamic me regardent et ne rient pas du tout.

— Qu'est-ce qui se passe, les enfants? Ha! ha! Vous ne trouvez pas ça drôle? Ha!

— Rien. Tout va bien.

Faunamic ouvre la bouche pour parler, mais Ridère lui donne un coup de coude dans les côtes.

— Vous me cachez quelque chose, les gars!

— Non, papa, dit Ridère. C'est juste un jeu. On joue à rester silencieux: le premier qui parle fait la vaisselle avec toi ce soir. Pour l'instant, on a perdu tous les deux, mais c'est pas grave, on va se reprendre tantôt, quand tu seras sorti.

Les deux enfants m'embrassent et vont regarder la télévision. Il y a anguille sous roche. C'est à surveiller.

Tiens! Ma boîte aux lettres a disparu. Les chiffres indiquant l'adresse sur la porte aussi!

— Gardez bien les portes fermées, les gars. On a encore été volés encore. Surtout, ne répondez à la porte sous aucun prétexte. Je vais au poste de police pour signaler les vols. Soyez prudents, hein !

— C'est peut-être pas une bonne idée, papa !

— Que voulez-vous dire, c'est pas une bonne idée ? Il faut signaler tous ces vols à la police.

— C'est pas des vols, papa, dit Ridère.

— Comment ça, pas des vols ? C'est vous qui...?

— Non, c'est pas ça, tu comprends pas.

— Papa, m'explique Ridère d'un air solennel, il faut qu'on te dise quelque chose de grave.

Enfin ! C'est pas trop tôt !

— Faunamic et moi, on a réfléchi sérieusement à tous ces objets qui disparaissent et on croit avoir une explication.

Leur explication, je la connais déjà. Inutile de fermer les yeux plus longtemps.

— Allez-y, ne prenez pas autant de détours !

— À part la tarte aux pommes et un ou deux bidules, plusieurs objets qui ont disparu ont un point en commun : le caoutchouc.

— Et alors? je demande d'un air détaché.

— Eh bien, tu te souviens pas? Tu as dit toi-même que ça pouvait être un animal. Quel animal mangerait du caoutchouc, tu penses? Une boule de poils jaunes qui mange tout, ça te rappelle rien? Avec des bras de chaque côté?

C'est bien ce que je craignais.

— On t'en a pas parlé plus tôt parce qu'on voulait pas y croire nous-mêmes. On avait peur que ce soit vrai.

— Il faut faire quelque chose, Amargars, ajoute Faunamic. C'est de notre faute! C'est nous qui l'avons fait venir. Si on fait rien...

Je les regarde m'expliquer tout ce qui va arriver si on ne fait rien, mais je suis complètement abasourdi.

Un Schmiloque!... Un Schmiloque ici! Dans la vraie vie! J'ai encore du mal à y croire. J'espère qu'on rêve!

— Non, tu rêves pas, Amargars. Nous avons ramené un Schmiloque ici, en sortant du rêve.

— Ça ne se peut pas! Ils existent juste dans tes rêves, les Schmiloques! On n'est pas dans un rêve, ici, on est dans le monde réel!

— Si nous, on peut entrer dans mon

rêve, pourquoi les Schmiloques pourraient pas en sortir?

— Il devait être à côté de nous quand le prof Pion nous a ramenés. Je me demande s'il y en a seulement un!

— J'espère qu'il y en a deux! Comme ça, on pourra en avoir chacun un.

— Ah non! On ne va pas les garder. Ils vont retourner d'où ils viennent.

Je téléphone immédiatement au prof Pion.

— Il faut faire quelque chose, Caramba. Ne bouge pas, j'arrive.

Nous nous réunissons au salon pour mettre au point une stratégie: nous allons monter la garde dans toutes les pièces de la maison. Le premier qui aperçoit un Schmiloque appelle les autres et on essaie de s'entendre avec lui. Autant que possible, il faut appeler Ridère à la rescousse. En sa qualité de second roi de la Cité de Toutou-Jaune, il est le mieux placé pour faire entendre raison au Schmiloque.

Pendant deux jours, nous marchons de long en large partout sans rencontrer le moindre Schmiloque. En fait, ce n'est pas tout à fait exact. Le Schmiloque veut manifestement se payer notre tête. Il surgit devant nous et nous fait trébucher, puis disparaît avant même qu'on ait le temps de le voir. On n'entend que son rire étrange.

— Wow! C'est drôle d'avoir un animal comme ça à la maison! répètent constamment les enfants.

— Surtout, gardez-le-moi, demande quant à lui le professeur Pion. Je veux l'étudier!

— Il faudrait d'abord l'attraper, je leur réponds. Pour l'instant, on n'est pas sortis du bois.

Pendant ce temps, le Schmiloque mange tout ce qui se trouve sur son passage. Il s'est vite rendu compte que personne ne peut lui interdire quoi que ce soit: il n'y a pas de mousse bleue par ici. Il en profite pour se gaver.

Il faut à tout prix trouver le Schmiloque avant qu'il décide de faire un tour en ville. Que se passerait-il si...

Ridère a eu le temps de l'apercevoir le troisième jour, après avoir trébuché dessus. Mais comme d'habitude, le Schmiloque s'est aussitôt volatilisé dans un éclat de rire. Ridère a eu beau crier, il a refusé de réapparaître. Le professeur n'a pas eu plus de succès. Il l'a aperçu aussi, lui a couru après mais... trop tard.

Le professeur vit pratiquement avec nous, maintenant. Il a son lit au sous-sol et attend impatiemment de pouvoir examiner ce phénomène de près. Ce soir, je prépare le souper sans le moindre entrain. Tout le monde est fatigué, découragé, déçu.

— Ça y est! J'ai trouvé la solution! s'écrit soudainement Ridère. On aurait dû y penser plus tôt!

— De quoi parles-tu? Tu sais où on peut trouver le Schmiloque? lui demande son frère.

— Non, bien sûr, mais je sais comment le faire venir à nous!

— Raconte, on t'écoute, répondons-nous d'une seule voix.

— Rappelez-vous: quelle est la nourriture préférée des Schmiloques?

— Mais bien sûr! je m'écris. Le caoutchouc! On peut l'attirer avec du caoutchouc!

— En plein ça, dit Ridère. Il faut l'attirer ici avec de vieux pneus.

— Mais on les prend où, les pneus? demande Faunamic.

— Dans un cimetière d'autos, évidemment!

— Bonne idée! dit le professeur Pion. Quant à moi, je sais comment renvoyer le Schmiloque chez lui. On va faire comme le petit Poucet: on va disposer les pneus en ligne. Votre Schmiloque mangera ces pneus un à un et on le mènera ainsi jusque dans la cour arrière. Au bout de la ligne de pneus, j'installe l'enregistreur de rêves et je le branche à un magnétoscope qui passera en permanence les rêves de Ridère.

— Mais ça ramènera pas le Schmiloque chez lui, ça !

— Attendez. Au moment où le Schmiloque avalera le dernier pneu et touchera l'un des deux appareils, je provoquerai un court-circuit qui le projettera dans son monde ! Simple, n'est-ce pas ?

— Vous êtes sûr que ça va marcher ? demande Faunamic.

— Non, mais est-ce qu'on a le choix ?

Le plan nous semble à tous trois complètement farfelu, mais au point où nous en sommes... Nous dénichons trente-deux pneus et nous les disposons selon les instructions de Ridère et du professeur Pion. Il y en a dans toutes les pièces. À partir de chaque porte, les pneus sont alignés jusqu'à la sortie. De là, la ligne de pneus traverse la cour et finit à la table de pique-nique.

Nous attendons.

Pas longtemps.

On entend bientôt le bruit caractéristique des dents qui mordent dans le caoutchouc.

Scouik! Scouik!

Nous sommes cachés à l'extérieur de la maison. Pion est grimpé dans l'arbre, la main refermée sur un fil électrique relié à l'enregistreur. Le souffle court, on attend tous l'arrivée du Schmiloque et... le fameux court-circuit.

Le Schmiloque apparaît à la porte, dévorant pneu après pneu, comme s'il n'avait rien avalé depuis une semaine. Dès qu'il en a terminé avec un pneu, il disparaît et réapparaît quelques instants plus tard au centre du suivant. Hallucinant! Le Schmiloque n'est plus qu'à trois pneus de l'enregistreur, à présent. L'heure fatidique va sonner.

On entend soudainement un gros crac! La branche sur laquelle est perché le professeur cède sous son poids.

Tout se passe très vite: en ouvrant la bouche pour ingurgiter l'enregistreur, le Schmiloque entend craquer la branche et se volatilise au moment précis où le professeur appuie sur le bouton de son appareil. Court-circuit. Éclair. Le professeur tombe sur le sol. Tout ça en même temps.

Du moins, nous l'espérons. Parce que si le Schmiloque a disparu avant le court-circuit, tout est fichu.

Je me précipite vers l'enregistreur de

rêves. Dans ma hâte, je trébuche sur un jouet et j'atterris dans les bras du professeur, qui venait de se relever, et nous tombons à la renverse.

— Il ne nous reste plus qu'à attendre, dit-il en se relevant une deuxième fois. Nous saurons très vite si l'expérience est concluante. Tout va bien, Parletoutbas?

— Je crois bien que oui. J'espère que c'est bien fini, toute cette histoire.

— C'est triste, ajoute Ridère. J'aurais aimé pouvoir jouer un peu avec lui.

Enfin!

Notre vie peut maintenant reprendre son cours normal. Les enfants me lancent un défi au badminton. J'accepte avec plaisir.

— Vous allez voir, les gars, que même ensemble, vous ne pourrez pas me battre!

Ridère envoie son premier service. Je cours pour attraper le moineau, qui tombe près du filet. Comme je m'apprête à frapper, le Schmiloque apparaît à mes pieds et me fait trébucher. Je me retrouve à quatre pattes dans le filet. Je laisse tomber ma raquette. Le Schmiloque s'en empare et la gobe. Puis, plus rien. Plus de raquette, plus de Schmiloque.

Faunamic le rappelle.

— Schmiloque! Attends! Reviens, je lui crie, on ne te veut pas de mal! Schmiloque!

Rien à faire.

Je téléphone au professeur Pion pour lui annoncer la mauvaise nouvelle.

— On n'a qu'à recommencer l'expérience des pneus, Ras-le-bas.

— Je crois que c'est inutile, professeur. D'après Ridère, le Schmiloque est trop futé pour se laisser prendre au piège, maintenant qu'il connaît notre plan. Ce qu'il faut, c'est lui parler. Il faut trouver un moyen de l'amadouer.

— J'y réfléchis, mon bon Carrakas. En attendant, j'essaie de fabriquer cette mousse bleue dont vous m'avez parlé. J'ai acheté des oursons en peluche qui me serviront de cobayes. Dès que tu as du nouveau, tu m'appelles.

— Bien sûr, professeur. Au revoir.

— Au revoir, Quirira.

Le lendemain, deux policiers se présentent chez nous.

— Nous avons quelques questions à vous poser, si vous le permettez.

— Si je peux vous être utile. C'est à quel sujet ?

— Au sujet d'un animal...

— Nous n'avons plus d'animaux ici depuis longtemps. Notre dernier poisson rouge s'est fait dévoré par le chat de...

— Non, non. Je parle d'une bête jaune. Des voisins ont affirmé avoir vu un animal étrange chez vous.

— Un animal étrange? Un extrater-restre, peut-être? Les gens ont de drôles d'idées, n'est-ce pas? Qu'est-ce qu'on ne peut pas entendre! Dans mon temps, les extraterrestres étaient verts, pas jaunes!

— Oui... euh... non... Enfin... Hem, hem. Ah, vous savez, nous ne faisons que notre travail. Quand on reçoit un signalement, c'est notre devoir de véri-fier... Un extraterrestre jaune! Ha! Ha! Les gens sont drôles parfois, n'est-ce pas?... Bon... Ahem... Eh bien, nous ne vous dérangerons pas plus longtemps. Bonne journée, monsieur. Excusez-nous de vous avoir dérangé.

— Ce n'est rien, messieurs. Je ne peux pas vous en vouloir de faire votre travail. Au revoir, bonne journée à vous aussi.

Plus de temps à perdre. Il faut absolu-ment retrouver le Schmiloque avant que toute la ville soit ameutée.

Nous rencontrons de nouveau le pro-fesseur Pion pour discuter d'une nouvelle stratégie. Pour attirer le Schmiloque, nous décidons cette fois de porter des habits d'hommes-grenouilles à longueur de journée. Le hic, c'est d'arriver à lui faire entendre raison avant qu'il nous saute dessus et nous bouffe tout rond. Vorace et friand de caoutchouc comme il l'est...

Le soir, Ridère tente de se condition-
ner, comme je l'avais fait pour mes problèmes de bureau. Il essaie de refaire le
rêve où nous avons voyagé. Ce n'est pas
facile, mais on ne sait jamais. Surtout, il
doit revivre le moment de notre évasion
de la Cité de Toutou-Jaune pour empêcher le Schmiloque de nous accompa-
gner. L'espoir est bien mince, mais c'est
notre dernière chance.

Nos habits d'hommes-grenouilles sont
très inconfortables hors de l'eau et le
Schmiloque n'a pas l'air de s'y laisser
prendre. Notre moral est à zéro.

⊚ ⊚ ⊚

— Voici la mousse bleue que j'ai con-
coctée, nous annonce le professeur Pion.
Mes oursons en peluche en sont pleins.
Avec ça sur le corps, aucun animal ne
peut plus bouger.

— Et vous êtes certain que c'est sans
danger pour le Schmiloque ?

— Aucun danger, Mets-tes-bas. Elle
est confectionnée à base de blanc d'œuf
et de colorant alimentaire. Il y a tellement de sucre là-dedans que c'est presque de la colle.

— C'est délicieux, professeur, dit
Ridère.

— N'y touchez pas, les enfants, j'en ai très peu. Il faut la garder pour le Schmiloque.

Nous sommes assis tous les trois dans la cour arrière, toujours en habits d'hommes-grenouilles, avec le professeur Pion. Soudain, un bruit familier se fait entendre derrière nous : le Schmiloque mange une chaise de parterre.

Le professeur attrape sa bonbonne de mousse et en envoie une grande quantité devant lui. Pendant quelques instants, on ne voit rien. La mousse bleue nous voile la vue avant de se déposer lentement sur le sol.

— Victoire !

Le professeur sautille sur place, excité comme un enfant qui vient de recevoir un gros cadeau.

— Je l'ai eu ! Je l'ai eu !

— Professeur ! Regardez, professeur, s'exclame Faunamic. C'est pas le Schmiloque, c'est...

— Oh ! la ! la !... ajoute Ridère. Quelle surprise !

Le roi Toutou-Jaune en personne est devant nous. Ses oiseaux gardiens l'accompagnent. Le roi est encore assis sur son trône, mais il ne dort pas. Il semble très en colère. Il tente de se libérer de cette mousse collante qui l'empêche de bouger.

— Quel imbécile m'a aspergé de cette colle écœurante? Il aura de mes nouvelles. Si je peux me débarrasser de cette substance détestable...

Je tire le professeur Pion par la manche pour le faire sortir de sous la table, où il s'est caché.

Les oiseaux entreprennent de manger la mousse qui recouvre leur roi. Ce ne sont pas des Schmiloques, mais ils semblent néanmoins très gourmands. En quelques secondes, Toutou-Jaune est complètement dégagé.

Je m'adresse à lui :

— Quel honneur pour nous de vous recevoir ici.

Le roi est encore vert de colère.

— Ridère, rétorque le Toutou sans même daigner me regarder, j'ai bien peur d'avoir une mauvaise nouvelle pour toi. Un Schmiloque manque à l'appel et nous avons de bonnes raisons de croire qu'il s'est réfugié ici, dans ce foutoir... enfin, je veux dire dans ce monde étrange. Bref, chez toi.

— On sait tout ça, répond Ridère. Même qu'on a tout essayé pour le retrouver. Rien à faire. Est-ce que tu peux le ramener avec toi?...

Le roi aperçoit la bonbonne dans les mains du professeur. Il s'avance vers ce dernier.

— ... J'espère que le Schmiloque n'est pas en danger parmi nous, ajoute Ridère pour distraire le roi. Ma famille et moi, ainsi que le professeur, nous voulons vraiment protéger le vie de vos sujets quand ils sont dans notre monde. Vous serait-il possible de...

— Rien de plus facile! répond le roi d'un air hautain en abandonnant le professeur Pion. C'est pour cette raison que nous sommes ici. Il n'y a que moi qui puisse faire en sorte que ce petit dévergondé revienne à la maison.

Il se tourne alors vers ses gardes et leur chante quelques mots incompréhensibles. Ceux-ci pénètrent dans la maison. Je n'ose pas intervenir. De toute façon, le roi ne nous regarde même pas. Le professeur est blanc comme un drap et regarde, bouche bée, le roi Toutou-Jaune en face de lui.

Les gardes reviennent rapidement avec une assiette, qu'ils déposent sur la table. Dans l'assiette, quelques gommes à effacer et un sandwich au beurre d'arachides surmontés d'une saucisse à hot dog trempée dans du vinaigre; le tout est arrosé de moutarde de Dijon.

— C'est son déjeuner favori, dit le roi en s'adressant à Ridère. Je te garantis qu'il sera ici en moins de cinq minutes.

Le roi s'installe dans l'arbre avec ses gardes.

Tel que prévu, le Schmiloque apparaît presque aussitôt sur la table de pique-nique et engouffre le sandwich en nous regardant. Il éclate ensuite de son rire habituel et s'apprête à disparaître quand il aperçoit le roi debout devant lui. Ridère nous avait déjà dit que les Schmiloques perdent leur capacité de disparaître quand ils sont en présence du roi.

Les gardes l'aspergent de mousse bleue et l'emportent aussitôt.

Le roi serre la main de Ridère. Après un dernier regard au professeur Pion, il disparaît à son tour sans même nous saluer.

— Pas très poli, ton roi, fait remarquer Faunamic.

— Il faut pas lui en vouloir, il était pas à l'aise dans notre monde. C'est humiliant pour lui de venir ici et de se retrouver prisonnier de cette mousse. Il va être obligé de dormir un sacré bout de temps pour récupérer!

— Ça veut dire que le Schmiloque est parti pour de bon? demande Faunamic.

— Sûrement! Je sais pas quelle sera sa punition, mais il va passer un mauvais quart d'heure. Ça, c'est sûr!

— C'est dommage qu'on ait pas pu l'apprivoiser. On l'aurait gardé.

— Je crois que tout est mieux ainsi, Faunamic, lui dis-je. Je me demande ce qu'on aurait fait pour le convaincre de se mettre au régime... Et vous, professeur, ça va mieux ? Vous avez eu un peu peur, non ?

— Oui, ça va très bien, Bracadabra. Regarde, j'ai réussi à récupérer un peu de cette fameuse mousse bleue. Je m'en vais de ce pas étudier sa composition.

ⓞ ⓞ ⓞ

Et c'est ainsi qu'en deux temps, trois mouvements, tout était terminé. Nous aurions bien aimé que le roi reste parmi nous quelque temps. Au moins une heure ou deux, le temps de faire connaissance. Mais tant pis !

Je suis maintenant retourné au travail ; Ridère et Faunamic, à l'école. Le professeur Pion travaille déjà à une autre invention. Quelque chose me dit que nous entendrons parler de lui bientôt.

Marcel Pépin raconte des histoires et invente plein de personnages depuis qu'il est haut comme trois pommes. Aujourd'hui, père de deux enfants et grand comme trois paniers de pommes, il raconte toujours des histoires. Plus que jamais! Lui-même un drôle de personnage, il a plusieurs points en commun avec Amargars, le sympathique héros qu'il a créé. D'ailleurs, ce dernier n'a-t-il pas deux fils comme lui?

Marcel Pépin aime créer des mondes étranges dans lesquels se côtoient des créatures invrai-semblables. Ses histoires semblent jaillir de ses rêves d'enfant les plus fous. Faute de pouvoir vivre lui-même les aventures qu'il imagine, il a d'abord décidé d'y faire plonger ces deux fils en leur racontant chaque soir une histoire nouvelle. Et maintenant, en publiant *Amargars et fils*, il permet à tous les jeunes lecteurs de rêver avec lui et de vivre des superaventures.

Les aventures de Tom et Jessica

LES AVENTURES DES JUMEAUX GÉNIAUX

Les aventures du Trio rigolo

Les aventures de Tom et Jessica

N° 1

Une visite à Disneyland! Le rêve de Jessica Biondi (Jessie pour les intimes) va enfin se réaliser… Mais le rêve se transforme vite en cauchemar. La rencontre d'une nouvelle amie, Serena, entraîne la jeune Jessie dans une prise d'otages menée par le dangereux Dragon. Prisonnière à Disneyland, Jessie aura à affronter un complot d'une envergure telle qu'il lui faudra déployer tout son courage et toute son intelligence pour en sortir victorieuse.

L'enlèvement d'une amie de classe,
la jolie Diane, entraîne le jeune Tom Biondi
dans une palpitante chasse aux mystères.
Sa nature fougueuse et audacieuse le guide
jusqu'à de dangereux criminels qui,
pour une rançon, mettent en péril la vie
de Diane… et la sienne. Malgré les
embûches qui se multiplient,
Tom saura-t-il tirer son épingle du jeu?

N° 3

Enlevés et séquestrés par un directeur
d'école secondaire aux sombres desseins,
égarés dans une forêt noire et touffue,
pourchassés par des chiens terrifiants,
Noémie et Colin devront utiliser toutes
les ressources de leur imagination pour
affronter courageusement leur destin
sans perdre la boussole ! Parviendront-ils
à déjouer les plans de ce
fou dangereux ?

Noémie et Colin font la découverte d'un coffre bien mystérieux. Avant même qu'ils ne parviennent à en découvrir les secrets, le précieux coffre disparaît. Enquête, poursuite et chasse au criminel commencent! Des êtres bizarres surgissent de partout. Ennemis ou amis? Les jumeaux sont prêts à tout pour retrouver leur coffre, mais réussiront-ils? Et que peut bien contenir ce fameux coffre?

Un vrai zoo! Une ménagerie! Les animaux
fourmillent dans cette nouvelle aventure
de notre duo. Des chats, des chiens, un
perroquet, un singe se bousculent et se
partagent la vedette. Noémie et Colin en
auront plein les bras! Ils braveront une
audacieuse bande de malfaiteurs et
rencontreront un jeune garçon qui leur
en fera voir de toutes les couleurs.
Les jumeaux ébahis s'exclameront:
«Attention! Voilà Ludovic le Terrible!»

Les aventures de Tom et Jessica

N° 6

Montagnes, cavernes et villages, quel
décor magnifique pour les vacances de
Tom. En prime, un important tournoi de
hockey. Mais un kidnappeur d'enfants en
liberté terrorise les gens de ce coin de pays
enchanteur. Fini le tourisme pour Tom !
Lui-même témoin d'un enlèvement, il sera
traqué par l'agresseur. Des moments
angoissants pour Tom, dont l'audace et
le courage seront mis à rude épreuve.

Ayant reçu le même message de détresse, les fils d'Amargars entraînent leur père jusqu'au cœur de la grotte aux mystères. Tout un monde déroutant les y attend: un gardien ours-gazelle, un grand singe au nom ridicule et plusieurs êtres tous plus étranges les uns que les autres. De quoi faire frissonner d'horreur Amargars et amuser ses deux fils. Mais les pièges se multiplient... Prisonniers de la grotte et de ses mystères, sauront-ils sortir sains et saufs de cette histoire bizarre?

ACHEVÉ   D'IMPRIMER
EN   SEPTEMBRE   1997
SUR   LES   PRESSES   DE
PAYETTE & SIMMS INC.
À SAINT-LAMBERT (Québec)